로크미디어가
유혹하는
재미있는 세상

ROK
MEDIA
로크미디어

운현궁의
주인

운현궁의 주인 8

2017년 5월 2일 초판 1쇄 인쇄
2017년 5월 10일 초판 1쇄 발행

지은이 화명
발행인 이종주

기획 팀 이기헌 송윤성 왕소현
책임 편집 이정규

발행처 (주)로크미디어
출판등록 2003년 3월 24일
주소 서울시 마포구 성암로 330 DMC첨단산업센터 3층 314호
Tel (02)3273-5135 **Fax** (02)3273-5134
홈페이지 rokmedia.com **E-mail** rokmedia@empas.com

ⓒ 하명, 2015

값 8,000원

ISBN 979-11-6130-795-4 (8권)
ISBN 979-11-255-9830-5 04810 (세트)

이 책의 모든 내용에 대한 편집권은 저자와의 계약에 의해
(주)로크미디어에 있으므로 무단 복제, 수정, 배포 행위를 금합니다.

작가와의 협의에 의해 인지는 생략합니다.
잘못된 책은 구입처에서 바꾸어 드립니다.

| 화명 장편소설 |

운현궁의 주인

8

로크미디어

차 례

1장

"여기 앉으면 되는가?"

나는 어색하게 태극기와 오얏꽃 문양이 들어간 황실기가 걸려 있는 곳 앞에 섰다.

내 옷도 중경의 제국익문사가 운영하는 양복점에서 특별히 만든 대한제국의 정식 대관복이었다.

"그렇습니다, 전하."

내 맞은편에서 대답하는 사람은 대형 카메라로 나를 보면서 대답했다.

"굳이 영상까지 찍어야 하는가? 어차피 우리나라에는 텔레비전 방송을 할 수 있는 곳이 없지 않은가?"

내 투덜거림에 카메라 옆에 서서 나를 보고 있던 심재원이 웃으면서 대답했다.

"목소리도 따로 녹음할 것이지만, 경성에 있는 영화관에서도 틀 것입니다. 전하의 목소리를 알고 있는 백성은 거의 없으니 영상도 함께 상영해야지 그 효과가 훨씬 커질 것입니다, 전하."

"그래서 내가 직접 간다고 하지 않았나."

이제 와서 이런 말을 해도 바뀌는 것은 없다는 걸 잘 알고 있었지만, 다시 한 번 투덜거린 후 목을 풀며 준비를 마치기를 기다렸다.

"다 되었습니다. 클랩 스틱을 치고 나서 2초 뒤에 말씀하시면 됩니다, 전하."

"알겠네."

카메라 기사에게 대답하고 나서, 카메라 옆에 큰 종이를 들고 있는 요원을 바라봤다.

완벽히 외우기는 했으나 만약을 대비해 들고 있는 종이였다.

"시작하겠습니다!"

탁.

내 앞에서 슬레이트를 치고 나서 그 사람이 급히 빠져나간 후 나는 카메라를 응시하면서 말을 시작했다.

"대한 국민 여러분, 대한제국의 후계자 이우입니다. 우리 황실과 임시정부는 대한의 독립을 위해 많은 노력을 하였고,

우리는 경성을 탈환하는 데 성공하였습니다. 경성과 원산항을 우리 군이 점령하였고, 그 두 선을 이어 미국, 영국, 불란서, 소련과 함께 연합국의 일원으로 일본의 야욕을 꺾을 것입니다. 일어나십시오! 우리 대한을 위해…….”

머릿속에 외우고 있던 말을 카메라 앞에서 마치고 나자 다음은 녹음할 차례였다.

자리를 옮기며 물을 한 모금 마시고, 나를 따라오는 심재원에게 말했다.

“진짜 이런 날이 왔으면 좋겠군.”

“이번 작전은 반드시 성공할 것입니다, 전하.”

⁂

“襲撃である!”

“敵である!”

타타탕!

“후문 확보!”

“정문 확보!”

건물의 중앙에 있던 헌병 두 명이 짧은 외침과 함께 쓰러졌다.

양쪽에서 서로를 확인한 정재현과 이준식은 빠르게 서로에게 정보를 말했다.

"2층 전화국으로 간다!"

"우리는 3층 전신국으로 간다! 1층 확인조는 남고 이동!"

빠르게 의사소통을 한 뒤, 양쪽에서 한 명씩 1층에 남고 나머지는 2층 계단으로 뛰었다.

후문 쪽에서 온 조에서는 개런드 소총을 들고 있는 나석영이, 정문 쪽에서 온 조에선 토미건을 들고 있는 조원 한 명이 남았다.

2층으로 뛰어 올라가자 정문조는 빠르게 2층에 위치한 전화국 교환소로 뛰어갔고, 정재현이 속한 후문조는 한 층을 더 뛰어올라 전신국으로 향했다.

다행히 전신국은 관리의 편의성을 위해 하나의 방에 모든 전신기가 모여 있었다.

정재현은 미리 숙지하고 있던 대로 그 방으로 뛰어갔다.

문 앞에 멈춰 서자마자 네 사람은 서로 시선을 교환했고, 그중 한 요원이 문을 발로 쾅 찼다.

탕!

문을 발로 찬 요원이 총소리와 함께 쓰러졌고, 그 순간 바로 정재현이 문 안으로 뛰어 들어가며 토미건을 발사했다.

타타타탕! 타타탕!

동료를 챙길 새도 없이 전신기실 안으로 뛰어든 정재현은 방 안에서 권총을 발사한 헌병 군인을 비롯해 전신기에 붙어 있던 다섯 명의 사람에게 총을 발사했다.

"꺄!"

처음 권총을 발사한 뒤 정재현의 총을 맞고 쓰러진 사람을 제외하고 전신기에 앉아 있던 사람들은 전부 군복을 입고 있는 여자였고, 비명과 함께 전신기 아래로 숨었다.

"정리해!"

"助けてください. 家に子供がいます."

"助けてください."

양손을 들고 살려 달라고 말하는 군인도 몇 명 있었고, 몇 명은 품속에서 권총을 꺼내 쏘려고 했다.

탕!

권총을 꺼내는 것을 본 요원 한 명이 바로 총을 쏴 제압했고, 그 이후 손을 들고 있는 군인과 엎드려 있는 군인들을 향해 무자비하게 총을 쐈다.

타타탕!

"뭐라는 거야, 이 쪽발이 새끼가!"

전신기실 안의 정리가 끝나자 정재현은 입구에서 총을 맞고 쓰러진 요원에게 다가갔다.

다행히 총알을 왼팔에 맞은 것인지 왼팔에서만 피가 나고 있었다. 다만 그 피의 양이 많아 빗맞은 것이 아님을 알게 했다.

"괜찮아, 빗맞은 것뿐이야. 전보를 보내야 하니 나를 일으켜 세워 줘, 윽……."

요원의 말에 정재현이 품속에서 지압용 천을 하나 꺼내 그의 팔에 꽉 묶어 더는 출혈이 심해지지 않도록 막았다.

그 이후 그를 일으켜 전신기 앞에 앉혀 주었다.

이미 전신기를 맡은 두 명 중 다른 요원 한 명은 기계를 열심히 두드리고 있었다.

－·－－· ·－－·－ ··· － ··－－· －·－··

방 안에는 금방의 총격이 없었다는 듯 '띠－띠띠' 하는 모스부호의 소리만 가득했다.

두 사람이 송신하는 것을 확인하고 정재현은 칼로 확인을 하는 요원에게 말했다.

"나는 잔당 확인 간다. 이 둘, 경호를 부탁해."

"알겠어."

푹!

확인을 하던 요원은 무표정한 얼굴로 시체의 가슴에 칼을 찔러 넣으며 대답했다.

확인을 하는 요원은 간도 참변에서 자신의 부모님이 솥 속에서 삶아져 죽어 간 것을 눈으로 봤던 인물이라 일본인을 사람으로 보지 않았다.

그래서 마치 돼지고기에 칼을 찔러 넣는 것처럼 무감정한 상태로 일정하게 칼을 찔러 확인을 했다.

정재현은 그런 세 사람을 뒤로하고 토미건의 탄창을 교체한 후 복도로 나갔다.

복도는 사방이 아주 조용했다.

올라올 때와는 다르게 아주 조심히 발걸음을 옮겨 2층으로 내려갔다.

탁, 타탁, 탁.

정재현은 2층의 복도로 들어오자마자 일정한 간격으로 발소리를 냈다.

그러자 전화국에서 문이 열리더니 이준식 상임통신원이 총을 겨누며 나왔다.

서로 눈이 마주치자 주변을 경계하면서 전화국이 있는 곳으로 걸어갔다.

전화국에서 교환실인 곳으로 들어가자, 이미 그곳도 피가 사방에 튀어 있었고 시체가 즐비하게 누워 있었다.

"한 명 부상입니다. 팔에 맞았습니다."

"괜찮아?"

"지금 전보를 치고 있습니다. 사무실 수색하러 가시죠."

"그래."

두 사람은 짧게 대화를 마치고 총과 탄창 몇 개를 주머니에 넣은 뒤, 교환실 안에서 급하게 통화하고 있는 세 사람을 두고 밖으로 나왔다.

교환실 안은 헌병대와 용산기지를 비롯해 이곳저곳에서 오는 호출 소리로 시끄러웠는데, 두 명의 요원이 전화를 받아 교란 정보를 전달했다.

복도로 나오자 멀리 창문으로 보이는 헌병대 방향에서 계속해서 총소리가 났고, 간혹 폭발음도 들렸다.

정재현과 이준식 두 사람은 아주 조심히 한 사무실씩 돌아가며 생존자가 있는지 확인했다.

다행히도 밤 11시가 넘은 시간이라 정, 후문과 중앙 로비에서 근무를 서던 사람을 제외하고는 사무실에는 아무도 없었다.

2층 3층의 각 사무실을 모두 확인한 이후 1층으로 내려갔다.

"1층도 모두 비어 있습니다. 이미 확인한 대로 이곳의 경비는 길 건너 헌병대에서 곧바로 교대하는 게 맞습니다."

1층 수색을 모두 마친 나석영이 이준식에게 보고했다.

"다행이군. 자네들도 2층으로 올라와 1층 구역을 경계하게."

"네."

2층과 3층의 교환실과 전신기실에서 나오는 아주 작은 소음을 제외하고는 중앙전신전화국은 침묵과 어둠에 휩싸였다.

그런 전신전화국의 내부와 반대로 경성은 대낮과 같은 빛이 계속해서 생겼다가 사라졌고, 그 빛은 용산과 광화문통光化門通에서 빛났다 사라졌다.

끊이지 않고 이어질 것 같던 총과 폭탄이 터지는 소리가 조금씩 간헐적으로 들리기 시작하더니 어느 순간 거의 들리지 않게 되었다.

"전화국 교환실 옆 사무실에 라디오가 있었으니 그곳에서 들어 보자."

1층에서 2층으로 올라오는 계단을 지키고 있던 이준식 상임통신원은 자신과 함께 그곳을 지키던 세 명 중 정재현에게 아주 작은 목소리로 말했다.

"다녀올게."

이준식의 말을 들은 정재현은 나머지 두 사람에게 말하고, 이준식을 따라갔다.

이준식의 말대로 사무실에는 라디오가 있었다.

"그런데 어떻게 라디오에서 우리가 경성을 탈환했음을 알리는 것입니까?"

"노래를 이용하기로 했다. 땅과 바다. 땅이면 성공, 바다면 실패라는 뜻을 가지고 노래가 나올 것이다. 바다의 노래가 나오면 우리는 즉시 강원도로 철수한다."

조금은 추상적으로 말했지만, 이준식의 표정이 너무 비장해 정재현은 더 물어보지 못하고 기다렸다.

"알겠습니다."

정재현이 대답하자 이준식은 라디오로 다가가 전원을 올렸고, 켜진 라디오에서는 일본 육군의 행진곡 중 하나인 애국행진곡이 한창 나오고 있었다.

"성공이다!"

땅과 바다가 일본의 육군과 해군을 뜻하는 것을 알게 된 정재현은 이준식과 함께 표정이 밝아졌다.

이준식은 곧바로 라디오를 끄고 복도로 나섰고, 복도에서는 군호軍號를 외치는 소리가 들렸다.

"선호鮮虎."

"진토塵土!"

그 소리에 이준식도 조용하지만 빠른 걸음으로 복도로 다가갔다.

"누구냐?"

"경성사무소 소속 연락원 장거홍 통신원입니다."

이준식과 정재현이 계단에 도착했을 때는 이미 아군임을 확인하고, 그들이 계단으로 올라오고 있었다.

"이준식 상임통신원님, 고생하셨습니다. 저는 연락원을 맡은 경성사무소 소속 장거홍 통신원입니다. 이곳에 상황은 어떻습니까?"

경성사무소에서 일하는 통신원이라 이준식을 바로 알아보고 바로 질문했다.

"작전 참가 인원 열 명 중 한 명이 왼팔 총상을 입었을 뿐이네."

"그대로 보고하겠습니다."

장거홍 통신원은 그렇게 말하고 자신과 함께 온 요원을 바라봤고, 그가 바로 계단을 다시 내려갔다.

　　"그리고 이건 오늘은 머리로 넣어 왼쪽 어깨 아래로 해서 가슴에 붉은색이 오도록 착용하시면 됩니다."

　　장거홍은 자신의 가방에서 붉은색, 흰색, 파란색, 검은색이 들어간 긴 띠를 꺼냈다.

　　"피아 식별용인가?"

　　"그렇습니다. 색하고 위치, 매는 팔을 주의해 주십시오. 열 장을 드리겠습니다."

　　이준식은 그가 건네는 띠를 넘겨받아 서로 도와 가며 몸에 묶었고, 나석영은 3층과 2층의 사무실 안의 요원에게 넘겨주러 가지고 갔다.

　　"바깥 상황은 어떤가?"

　　"헌병대 본대는 완전히 섬멸했고, 아직 궁의 경호를 위해 분산되어 있는 헌병대는 곳곳에서 우리에게 대응하고 있으나 제대로 된 명령이 없어 지리멸렬支離滅裂하는 상태입니다. 용산기지는 아직 교전 중에 있으나 승기는 잡았고, 이미 적군이 전의를 상실한 상태로 각 건물에 숨어 교전하고 있으니 곧 정리될 것입니다. 20사단장인 아오키 시게마사青木重誠 중장은 관사에서 도망치다 우리 사에 의해 척살됐습니다."

　　장거홍은 아주 밝은 표정으로 이준식의 물음에 답했다.

　　"총독은?"

"아직 독리께서 돌아오시지 않아 파악은 힘드나 헌병대를 정리한 조에서 일부 지원을 나갔습니다. 그곳에는 헌병대라고 해도 두 개 소대밖에 되지 않으니, 곧 좋은 소식이 올 것 같습니다. 아, 그리고 이곳에 정재현 통신원은 이 친구와 교대하고 데려오라는 류건율 상임통신원의 전갈이 있었습니다."

장거홍은 이준식의 물음에 답하고 나서 마지막 자신의 용무를 말했다.

"데려가게."

독리가 경성에서 근무하기는 했지만 그는 모든 사무소를 총괄해서 관리하는 사람이었고, 경성사무소의 책임자는 성심양복점에서 테일러로 근무하는 류건율 상임통신원이었다.

이를 잘 알고 있는 이준식은 바로 허락했다.

✻

허락이 떨어지자 피아식별띠를 착용한 정재현은 이준식과 다른 요원에게 인사하고, 총을 가지고 장거홍을 따라나섰다.

"오랜만이다."

정재현은 중경에서 함께 훈련받은 장거홍이 반가워 조용히 그에게 말했다.

"그러게, 중경 이후로 처음이네."

"경성으로 배치받았다는 말은 들었는데 힘들었겠다."

정재현은 조선총독부가 있는 한반도 식민지의 심장인 조선에서 근무했을 장거홍에게 위로를 건넸다.

"그래도 실전을 바로 겪으니까 좋았어. 별로 힘들지 않았고, 야차의 손에 있을 때보다는 훨씬 편했어."

정재현은 장거홍의 말에 자신의 머릿속에도 정말 야차와 같은 모습으로 남아 있는 피재길 훈련소장이 떠올라 잠시 몸을 떨었다.

장거홍도 미국에서 훈련받으며 중경훈련소에 비하면 이곳은 천국일지도 모른다고 생각했던 자신과 별반 다르지 않게 느낀 것 같았다.

"눈먼 총알 조심하고, 아직 교전 중인 곳도 많아."

장거홍은 그렇게 말하고 자신의 손에 들린 토미건의 총알을 다시 한 번 확인했다.

"나는 왜 찾는 거야?"

정재현도 총알을 확인하면서 그에게 물었다.

"너를 찾는 거야 암호문 때문이지. 미국과 다음 작전을 위해 연락하려고 해독 전문가를 찾는 거야. 모스 신호가 들어왔는데, 해독이 안 된다고 들었어."

제국익문사 요원들은 각자 전문 분야가 있는데, 정재현은 각종 암호문의 해독을 중경훈련소와 미국훈련소에서 배워 암호문 해독이 전문 분야였다.

"가자."

1층 입구에서 총기를 확인하며 대답하던 장거홍은 모든 확인이 끝났는지 몸을 살짝 낮춘 상태로 정재현에게 말했다.

정재현도 그를 따라 빠르게 이동했는데, 대로로 나오자 곳곳에서 총소리가 들렸다.

대로 중앙이 아닌 한쪽 건물에 붙어 장거홍을 따라 빠르게 뛰어가던 정재현의 눈에 육조거리가 보였다.

이어 육조거리 시작 부분에 밝은 빛을 내며 불타고 있는 헌병대 본대가 눈에 들어왔다.

헌병대가 사용하던 건물은 이미 불타고 있었고, 그 옆에 있던 전각들도 폭발 때문에 무너지거나 곳곳이 손상을 입은 상태였다.

헌병대 입구에는 정재현이 어깨에 걸고 있는 것과 같은, 붉은색이 앞으로 나오게 한 띠를 두른 사람들이 사방을 경계하고 있었다.

"헌병대는 모두 정리가 끝났어. 지금 총독부와 종로경찰서에서 교전 중일 거야."

뛰어가며 헌병대를 놀란 눈으로 바라보는 정재현에게 장서홍이 말했다.

그의 말대로 뛰어가며 잦아들었던 교전의 소리가 다시금 커지기 시작했고, 가끔 땅이 울리는 폭발 소리도 들렸다.

"총류탄. 우리 쪽에서 터트리는 거니까 걱정하지 마. 이번 작전에서 가장 큰 힘을 발휘하고 있어."

한 번씩 폭발이 일어날 때마다 정재현이 움찔거리자 장거홍이 친절하게 설명하고 이동했다.

얼마 지나지 않아 두 사람은 육조거리를 가로질러 조선총독부 앞에 도착했다.

이미 조선총독부의 정문에는 일본 헌병이 아닌 제국익문사 요원이 경계를 서고 있었다.

조선총독부 앞은 이미 밝은 전구가 비추고 있어 밝았다.

장거홍은 그 불빛의 중심으로 양손을 들고 들어갔고, 정재현도 그를 따라 양손을 들고 불빛 중앙으로 나아갔다.

"경성사무소 소속 연락원 장거홍 통신원입니다."

"통과."

경계병은 그 말을 듣자마자 바로 크게 외쳐 통행을 허락했고, 장거홍은 뒤돌아 정재현을 보면서 말했다.

"나는 종로경찰서로 확인하러 가야 해. 총독부로 들어가서 류건율 상임통신원을 찾으면 될 거야."

"고마워. 눈먼 총알 조심하고 살아서 보자."

장거홍은 자신이 정재현에게 했던 당부를 다시 정재현이 건네 오자 미소로 대답을 대신하고, 총독 관저 방향으로 뛰어갔다.

2장

그를 뒤로하고 정재현은 총독부로 다가갔는데, 조선총독
부를 경계하던 요원은 그가 다가오자 그의 어깨에 걸린 피아
식별띠를 잠시 힐끗하고는 말했다.

"정재현 통신원이오?"

"네."

"중앙 길로 들어가면 우리 요원들이 있을 것이오."

정재현은 그 요원의 말을 듣고 바로 총독부 건물로 들어갔
다.

총독부 중앙의 천장까지 뚫려 있는 큰 건물의 중앙에 수십
명의 사람이 탁자 몇 개를 놓고 대화를 하고 있었다.

"종로경찰서 증원 요청!"

"총독부 관저촌에서 교전 발생!"

"총독 관저 소식 들어왔습니다. 고이소 구니아키 총독은 첫 폭발 이후 총독부로 이동하려다 독리 일행과 교전 후 관저로 후퇴했습니다."

"독리께서 작전을 나가시니 류 상임이 고생이 많소."

"아, 몽양 선생님 오셨습니까?"

다들 바쁘게 움직이고 있어 누구에게 말을 걸어야 하나 고민하고 있는 잠시 동안에도 그가 서 있는 정문을 여러 사람이 들락거리며 큰 소리로 정보들이 오갔다.

"저기, 류건율 상임통신원을 찾아왔습니다."

정재현은 막 정문으로 나가려고 뛰어오는 사람을 붙잡고 물었다.

"눈앞에 계시잖아요. 저기 저분이에요."

그 사람은 바쁜데 왜 잡느냐는 느낌으로 정재현의 질문에 대답하고 다시 정문으로 뛰어나갔다.

그가 가리킨 사람은 중앙의 제일 큰 탁자에서 계속해서 보고를 받는 사람이었다.

그 사람은 바로 옆의 머리가 약간 벗겨진 사람과 대화하다가 정재현이 다가오는 것을 보고 바로 말했다.

"생각보다 빨리 왔군, 정재현 통신원. 나는 경성사무소 책임자 류건율 상임통신원이네. 아버지를 많이 닮았어."

"안녕하십니까, 미국 파견대 소속 정재현 통신원입니다."

"그래, 일단 상황이 급하니 이것 먼저 해석 좀 부탁하네. 조금 전에 들어온 신호인데, 일본이나 우리 쪽, 미국의 모스 부호가 아니네. 암호문인 것 같네."

"알겠습니다."

"저쪽에서 하면 되네."

정재현이 류건율 상임이 가리킨 곳을 바라보니 무선전신기 한 대가 놓여 있는 탁자가 있었다.

전신기 앞에는 한 명이 앉아 헤드폰을 쓰고 들어오는 신호를 확인하고 있다가 정재현이 다가오는 것을 보고 인사하고는 다시 자기 일을 했다.

정재현도 그와 간단히 인사하고 근처 의자를 가져와 류건율이 건넨 종이를 확인했다.

SAEAEOAE

미국에서 일반적으로 사용하는 암호문은 아니었다. 그래서 암호문을 한참 바라보다 헤드폰을 쓰고 있는 요원에게 물었다.

"이거 전신으로 들어온 겁니까?"

"네, 한글과 일본어로 해석이 안 돼 영어인 것 같아 영어로 해석해 놓은 것입니다."

그 요원은 헤드폰 한쪽을 잠시 귀에서 떼고는 대답했다.

"원본이 있습니까?"

"여기 이게 원본입니다."

그는 자신의 옆에 놓여 있는 종이 몇 개 중 하나를 정재현에게 건넸다.

. . . .   - - - - .

정재현은 모스부호를 살펴보자 그가 잘못 해석했다는 것을 바로 알 수 있었다.

몇 가지 규칙에 의해 변형된 OSS에서 사용하는 암호형 모스부호였는데, 요원이 자신이 알고 있는 영어 모스부호를 그대로 적용해서 뜻을 알 수가 없었던 것이다.

'에어, 베이스, 시큐어.'

정재현은 간단한 단어로 이루어진 암호문의 뜻을 곧바로 알아챌 수 있었다.

"비행장을 확보했는지 확인하는 전보입니다."

정재현은 해독하자마자 바로 류건율 상임에게 다가가 말했다.

"비행장?"

"네, 뜻은 그렇습니다."

"수고했어. 잠시 기다리게. 미군이 내릴 비행장을 말하는가 보군. 용산 상황은 아직인가?"

류건율은 정재현의 어깨를 두드려 주고는 바로 크게 외쳤다.

그의 외침에 한 사람이 급히 그에게 다가오며 대답했다.

"가장 최근 정보는 잔당 처리 중입니다."

"비행장은?"

"관제탑과 활주로는 확보했습니다."

"착륙 유도가 가능한지 다시 한 번 확인하게."

류건율은 원하는 대답을 듣자 다시 정재현에게 말했다.

"비행장을 확보했다고, 회신해 주게."

"알겠습니다."

정재현은 류건율에게 대답하고 나서 바로 전신기 옆으로 와 암호문을 작성했고, 작성한 문서를 헤드폰을 쓰고 있는 요원에게 건네주었다.

SAEAEEEA

"이대로 발신하면 됩니다."

종이를 건네받은 요원은 곧바로 종이를 보며, 전신기를 누르기 시작했다.

'띠-띠다' 하는 소리가 일정하게 났다.

"신호 들어옵니다."

헤드폰을 쓰고 있던 요원이 말하자 수신부의 종이에 신호가 찍히기 시작했다.

　그 요원은 마지막 신호까지 전부 나온 것을 확인하고, 영어로 'A, E'라는 글을 쓰다가 이상한지 잠시 갸웃하더니 일본어로 글을 써 나가기 시작했다.

　　ケイジョウ ツウシン トゼツ カクニン ヨウボウ(경성 통신 두절

　확인 요망)

　"방금 들어온 전보입니다."

　정재현은 전신기를 맡은 요원에게 방금 막 해석한 전보 종이를 받아 류건율 상임에게 가져다주었다.

　"아직 완벽히 파악하지는 못했나 보군. 교란 교신은 전신국에서 보낼 거니 신경 쓰지 말게."

　류건율은 전보를 읽어 보고는 찢어 자신의 옆에 놓인 자루에 넣었다.

　"알겠습니다."

　정재현은 대답을 듣고 나서 자신이 앉아 있던 의자로 돌아가 밍하니 새로운 진신이 들이오기를 기다렸다.

　자신이 전신기를 다룰 줄 알았다면 전신기를 담당해 지금 전신기를 보는 요원이 다른 곳에 도움을 줄 수도 있었을 텐데, 모스부호는 영어로만 알고 나머지 한국어와 일본어를 알지 못해 어쩔 수 없이 아무런 일도 안 하며 의자에 앉아 바쁘

게 움직이는 주변을 관찰했다.

번쩍이는 대리석과 벽에 그려져 있는 벽화, 천장에 있는 스테인드글라스까지, 일본 제국은 이 나라를 영원히 지배하고 절대 자신들이 패해 이 땅에서 물러날 일은 없다 확신하고 지어 엄청난 크기와 위용을 자랑했다.

하지만 지금 그 안을 제국익문사와 지하동맹의 사람이 차지해 일하고 있었다.

이곳에서도 교전이 있었는지 들어오면서 미처 발견하지 못했는데 바닥에 피가 흥건히 고여 있었고, 시체를 끌고 간 핏자국이 1층의 한 사무실까지 이어져 있었다.

그리고 벽과 계단 곳곳에 총알이 만들어 놓은 흔적이 있었다.

정재현이 살면서 처음으로 보는 대리석 건물의 위용에 잠시 놀라 둘러보고 있을 때, 맞은편에 앉아 있던 전신 요원이 그에게 종이 하나를 건넸다.

"해석이 안 되는 전신입니다."

정재현은 그 종이를 넘겨받자 이번에도 미국의 암호문으로 송신된 서류라는 것을 알 수 있었다.

이후 곧바로 해석에 들어갔고, 얼마 안 되어 해석된 종이를 들고 류건율에게 가져갔다.

"미국 쪽에서 점령 상황을 확인하고 싶어 합니다. 점령 상황을 회신해 달랍니다. 또 중경과 블라디보스토크에서 준비되는 대로 이륙하는 미군 비행기가 4시간 안에 경성에 도착할 것이니, 비행장의 관제탑을 장악하고 활주로를 비워 달라는 요청이 왔습니다."

"이런 후레자식들이! 전쟁하는 우리도 확실히 확인이 안 되는데 그 멀리서 무슨 점령 상황을 보내 달라는 거야."

정재현이 하는 말을 듣고는 중앙의 가장 큰 탁자에서 상황 점검과 회의를 하고 있던 사람 중 한 명의 입에서 거친 말이 튀어나왔다.

"일단 비행장은 준비한다고 전하고, 헌병대와 20사단은 정리했고, 잔당과 전투 중이라고 회신하게."

류건율은 거친 소리가 누구에서 나온 것인지 잘 알고 있는지 그냥 무시하고는 정재현에게 구두로 지시했다.

"네."

정재현이 대답하고 자신의 자리로 돌아가는 사이 정문을 열고 장거홍이 뛰어 들어왔다.

"종로경찰서를 확보했습니다. 완벽히 포위하기에 시간이 부족해 포위를 뚫고 도망친 인원은 추적 중에 있습니다. 그리고 종로경찰서에서 수감, 심문 중이던 인원은 모두 사망했습니다. 일경이 우리와 교전 중 전부 사살한 것으로 짐작됩니다."

"흐음……."

"똥물에 튀겨 죽일 놈들이……."

"허⋯⋯."

장거홍의 보고에 홀에 모여 있던 사람들의 입에서 신음이
새어 나왔다.

특히 종로경찰서의 고등계가 독립군을 탄압하는 중심인
곳이라 이번에 사망한 사람들 대부분은 독립운동가일 가능
성이 높았다.

"다른 것은 없는가?"

류건율이 비통한 목소리로 장거홍에게 물었다.

"없습니다."

"자네는 총리 관사로 가서 상황을 확인 후 보고해 주게."

"네."

장거홍이 나가자 그와 교대하듯 다른 사람이 뛰어 들어왔
다.

"서대문형무소에서 교전이 발생했습니다. 형무소를 관리
하던 교도관 중 일부가 무장한 채 경성중학교 방향으로 접근
중입니다."

"형무소가? 이런⋯⋯. 일단 바로 헌병대로 가서 모두 서대
문형무소로 이동하라고 지시하고, 종로경찰서에 남은 인원
도 추적조만 최소한으로 남기고 서대문형무소로 이동하라고
지시하게. 종로경찰서처럼 학살이 일어나기 전에 그들을 제
압해야 하네."

류건율은 당부하듯 말했지만, 자신의 말이 지켜질 수 있을

지에 대한 확신은 없었다.

처음 이 작전을 계획할 때부터 한정된 자원으로 경성의 모든 곳을 한 번에 점령하는 것은 불가능하다고 생각했다.

그래서 선택과 집중을 했고, 경성에서 가장 위협적인 곳인 20사단과 헌병대 두 곳에 거의 모든 전력을 쏟아부은 상태였다.

서대문형무소와 종로경찰서에 잡혀 있는 독립운동가에게는 송구했지만, 작전의 성공을 위한 불가피한 선택이었다.

"알겠습니다."

류건율은 자신의 명령을 받고 뛰어나가려는 요원을 다시 불러 다른 지시도 했다.

"아! 그리고 서대문에서 소요가 일어났다면 경성형무소에서도 소요가 일어날지 모르니 헌병대의 미국파견대 3조에게 경성형무소 쪽으로 정찰하라고 전달하게."

"네."

조선총독부의 정문은 어느 날보다 많이 열렸다가 닫혔고, 연락원이 나가기도 전에 바로 이어 다른 사람이 문을 열고 들어왔다.

약간 배가 나오고 정장에 조끼까지 갖춰 입어 이 자리에서는 가장 잘 차려입은 사람이었다.

"위원장님, 지하동맹에서 소집한 인원이 도착했습니다! 각 동맹에서 자원해 5백 명입니다. 급히 모이느라 많지는 않습니다."

"아, 박 사장, 고생했어요. 류 상임, 우리는 어디를 지원하면 되겠소?"

정재현이 처음 이곳으로 들어왔을 때 류건율이 몽양 선생님이라 불렀고 지금은 박 사장이란 사람이 위원장이라고 부른 사람이 류건율에게 물었다.

안 그래도 사람이 부족한 상황이었다. 그렇지만 아무런 훈련도 되지 않은 이들에게 총을 쥐여 주고 전투에 투입해도 되는지 확신하지 못하고 있을 때 독리가 지팡이를 짚고, 빠른 걸음으로 정문을 열고 들어왔다.

"독리, 오셨습니까?"

"어서 오십시오."

독리를 발견한 류건율이 아주 기쁜 목소리로 인사하자 회장에 있던 모든 사람이 일제히 들어오는 독리에게 인사했다.

독리의 얼굴을 알고 있는 사람도, 정재현처럼 제국익문사이지만 말만 들었던 사람도 모두 한마음으로 인사했다.

"총독은 자결했다. 자신의 가족을 모두 죽이고, 자신도 할복했더군."

"미친놈이네."

"익현!"

이전에 있었던 몇 번의 욕설과 동일한 목소리로 다시 한번 욕이 튀어나오자, 류건율은 독리 앞에서까지 욕하는 것은 아니라 생각해 이번에는 한 명을 바라보며 이름을 외쳤다.

"아, 그럼 미친놈을 미친놈이라고 하지 뭐라 해."

익현이라고 불린 인물은 이미 한차례 전투를 치르고 온 것인지 옷에 피가 수두룩하게 튀어 있었고, 그나마도 많이 더럽혀진 상태였다.

그런 그는 류건율의 말이 시끄럽다는 듯 귀를 파며 중얼거렸다.

그 모습을 가만히 바라보던 정재현의 머릿속에 아버지가 하셨던 말씀이 떠올랐다.

─경성의 상임통신원 중의 한 명이 내 동기인데, 훈련받을 때만 해도 유학자 출신으로 아주 점잖은 친구였지. 그런데 첫 근무지의 임무를 종로에 시정잡배로 받고 나서는 이건 완전히 시정잡배가 되어서 행동하는 게, 누가 봐도 시정잡배야. 그러니 너도 임무를 맡을 때 그 역할에 완전히 동화될 수 있게 노력해라.

이 말을 떠올린 정재현은 그 말을 들을 때는 몰랐으나, 지금은 아버지의 말과 조금 다른 생각이 떠올랐다.

'아버지, 저분은 진짜 그냥 시정잡배잖아요…….'

하지만 이런 정재현의 생각을 뒤집듯 아주 정중한 말투와 행동으로 독리에게 보고했다.

"독리, 지하동맹에서 지원군이 왔습니다. 어떻게 하면 되겠습니까?"

익현 상임통신원의 말을 들은 독리는 류건율이 있던 자리로 와 몽양에게 물었다.

"몽양 선생, 모인 사람 중에 군사훈련을 받아 본 사람이 있소?"

몽양은 자신이 정확히 어떤 인물들이 모여 있는지 몰라 박 사장을 바라봤고, 박 사장이 대신 대답했다.

"다들 건장한 남성들이기는 하나, 군사훈련을 받은 적은 없습니다. 군사훈련을 받은 이들은 이미 작전에 참여해 있습니다. 하나 이들도 작전을 주시면 잘할 것입니다."

"그러면 일단 각 지역에서 교전 중인 요원들의 보급과 연락, 부상자 이송에 지원해 주세요. 기초적인 군사훈련도 받지 못한 사람을 전투에 내보낼 수는 없습니다. 그 부분은 류 상임이 담당해 배정해 주고, 지금부터 이곳은 내가 지킬 테니 익현은 서대문형무소 쪽에서 소요가 생겼다고 하니 직접 가서 지휘하게."

"알겠습니다, 독리."

익현은 자신의 총을 집어 들고는 밖으로 나갔다.

류건율도 독리에게 지금까지 상황을 급히 보고한 이후 박 사장과 함께 밖으로 나갔다.

류건율이 나가고 나서 바로 미군으로부터 세 번째 전보가 왔고, 그것을 해석한 정재현은 독리에게 가지고 갔다.

"미군에게서 온 전보입니다."

"미군? 아, 그랬지……."

경성 시내 교전 상황을 세부적으로 통보 바람. 블라디보스토 크의 수송기는 이륙해 경성으로 향하는 중.

"교전 상황을 보내지 않았……? 어, 자네는……?"

독리는 전보를 살펴보고 말하려다 정재현의 얼굴을 보고 는 놀라 물었다.

"정진함 상임통신원의 아들 정재현 통신원입니다, 독리."

상임통신원 이상의 제국익문사 요원은 정재현을 보고 나 면 한결같은 반응이라 정재현이 바로 대답했다.

"그래그래, 아버지를 아주 빼다 박았네. 그런데 교전 상황 을 미군에 알리지 않았나?"

"류건율 상임이 20사단과 헌병대를 점령하고, 잔당과 교 전 중임을 보내게 지시해 그렇게 보냈습니다."

"그래선 안 되지. 그들도 지금 교전 중일 텐데……. 일단 지금 20사단장과 총독이 죽었음을 알리게. 또 용산의 대공 포대와 비행장은 우리가 완벽히 점령했고, 서대문형무소와 는 교전, 관저촌에서도 교전. 그리고 종로경찰서, 종로와 광 화문통, 경성역은 점령했음을 알리게."

독리가 조금은 빠르게 하는 말을 정재현은 자신의 수첩에
바로 옮겨 적었다.

그리고 독리의 말이 끝나자 자신의 자리로 돌아가 미군에
게 보낼 암호문을 작성했다.

"전하, 경성의 작전이 성공했음을 알려 왔습니다."

초조한 상태로 미군과 바로 연락이 가능한 임시정부 근처
에 있는 사무소에서 대기하고 있었는데, 심재원이 미군에게
서 넘겨받은 전보로 보고했다.

"성공했다고요?"

탈환 작전 갑 지역인 경성, 을 지역인 원산에서 작전을 실
행한다는 보고를 기점으로 연합국과의 공동 작전 '프로젝트
반격'이 일제히 시작됐다.

초조한 마음으로 결과를 기다리고 있을 때, 심재원이 좋은
소식을 가지고 왔다.

"일단 지금까지 올라온 정보로는 헌병대와 20사단은 완벽
히 제압했고, 비행장도 확보 후 미군이 착륙할 수 있게 준비
에 들어갔다는 전언입니다, 전하."

심재원의 말에 온몸에서 희열이 끓어올라 오는 느낌이었
다.

하지만 머리를 최대한 냉정히 한 다음 작전에 대해 심재원에게 말했다.

"작전대로 연합국에서는 고립 작전을 진행할 것이에요. 임시정부에도 연락해 주고, 준비 중인 광복군도 바로 미군 비행장으로 이동할 수 있게 연락하세요."

"알겠습니다, 전하."

"캡틴Captain, 미군의 작전은 시작되었는가?"

미군의 연락관 중에서 가장 높은 보직인 대위에게 영어로 외쳤다.

"지금 경성비행장에 비행기에 보급할 항공유와 비행장을 방어할 대공포를 우선 이송하는 수송기가 블라디보스토크에서 이륙했습니다. 그리고 북극 항로에서 대기 중이던 미 해군과 해병대가 홋카이도北海道 상륙을 목표로 남하하고 있습니다. 원산의 점령이 확인되면 진주만의 육군도 바로 출항하기 위해 대기 중입니다."

미군 연락관 대위는 내 질문에 자신의 자리에서 일어나 큰 목소리로 내게 알려 주었다.

"이제 경성과 원산을 완벽히 확보하면 소련의 작전도 시작되겠군."

"그렇습니다."

프로젝트 반격은 대일 연합군인 소련, 미국, 중화민국, 대한민국 임시정부, 재인 영군까지 참여하는 대규모 작전이었고, 그 시작은 우리 제국익문사의 손에서 이뤄졌다.

"종로경찰서도 점령했습니다, 전하."

미군 쪽을 통해서 넘어오는 전보는 빠르게 내게 보고됐고, 다른 작전들과 유기적으로 움직일 수 있게 조정하는 것이 중경사무소의 역할이었다.

"다행이네. 경성은 어느 정도 정리가 되어 가는 느낌인데 왜 함께 작전을 시작한 원산은 연락이 없나?"

"정시에 시작했을 것인데, 아직 항구를 점령하지 못해 연락하지 못하는 것으로 짐작됩니다."

처음 경성 점령에 성공했다는 보고를 받았을 때는 이번 작전이 완벽히 성공할 것이라 생각했는데, 원산에서 연락이 오지 않으니 답답한 마음이 들었다.

아무런 잘못도 없는 연락관들을 닦달할 수밖에 없었다.

경성은 일본의 한반도 지배 야욕의 중심이고, 일본과 한반도에서 생산된 식량과 무기, 군수품을 중국 전선으로 보내는 허리라 그것을 끊으려 점령하려 했다.

그리고 원산항은 그 허리를 완벽히 끊어 놓기 위해 미 육군이 진입하고, 우리 군의 보급품이 들어와야 하는 항구였다.

경성을 확보하는 것도 중요했지만, 원산을 점령하지 못하면 경성은 지원을 받지 못해 '삼일천하'가 될 가능성이 아주 높았다.

특히 우리가 원산을 완벽히 점령하지 못하면 가장 가까운 라남의 19사단이 당장 내일 움직이기 시작해 지금 경성과 원산에 있는 제국익문사를 제압하려 시도할 것이다.

프로젝트 반격, 원래 이 작전은 우리가 갑, 을 지역의 점령에 성공하면 소련군이 뒤를 쳐 19사단을 차단할 예정이었다.

그러나 원산 점령에 실패하면 소련군은 움직이지 않는다고 이미 통보해 온 상태여서 원산의 연락이 오지 않는 지금 너무 초조했지만, 화살은 이미 내 손을 떠났고 연락이 오기만 기다릴 수밖에 없었다.

꿍

"독리, 서대문형무소 소요가 심각합니다. 관저촌에서 격퇴한 인원이 서대문형무소의 순사들과 합류해 상황이 좋지 않게 돌아가고 있습니다. 그래서 익현 상임이 지원 요청을 했습니다. 서대문형무소 쪽의 무기고에 우리가 예상한 것보다 더 많은 무기가 보관되어 있어서 관저촌에서 퇴각한 인원들도 모두 무장을 갖췄습니다."

조선총독부의 문을 열고 들어온 장거홍이 곧바로 독리에게 보고했다.

따르르르릉!

"그쪽 무기고에는 소총과 권총밖에 없지 않나?"

"그렇습니다. 하지만 그 숫자가 우리 예상을 뛰어넘은 것 같습니다. 익현 상임의 말에 따르면 지금까지 확인한 무장된 적군의 숫자가 2백을 넘었다고 했습니다."

장거홍의 보고에 독리의 인상이 찌푸려졌다.

따르르르릉.

"2백 명이라……. 너무 많군. 지금 종로 고등계 형사들이 도망친 방향도 총리 관저를 거쳐 관저촌 쪽인데, 그들과 합류할지도 모르겠네. 일단 용산을 점령한 요원 중 일부가 이리로 오고 있으니, 그들이 도착하면 바로 지원을 보내겠네. 전진하지 말고 조금 후퇴해도 괜찮으니 최대한 피해가 없게 전선을 유지하라고 전하게……. 누가 저 전화 좀 받게. 중앙 교환실은 우리가 점령했을 텐데 왜 전화가 울리는 것이지?"

총독부 1층에 위치한 사무실에서 울리는 전화 소리가 홀에 계속해서 울려 퍼졌다. 독리의 말에 지금 이 홀에서 가장 할 일이 없는 정재현이 그쪽으로 뛰어갔다.

"어헛!"

바닥의 핏자국으로 어느 정도 예상했으나, 그 사무실 안은 지옥도가 따로 없었다.

최소 쉰 구 이상의 시체들이 산처럼 쌓여 있었고, 시체 산 때문에 치워진 탁자 위의 전화가 우렁찬 소리를 내면서 울리고 있었다.

"……."

전화 너머에 누가 있는지 알 수 없어 정재현은 전화기를 들고, 아무런 말도 하지 않은 채 상대가 말하기를 기다렸다.

-……선호.

잠시 말이 없던 전화기에서 군호가 들려왔다.

"진토!"

정재현도 상대가 말이 없었던 이유가 전화를 받은 사람이 누구인지 알 수 없어서라는 걸 짐작할 수 있었다.

-누구십니까?

정재현은 상대의 목소리를 듣고 누구인지 바로 알아챌 수 있었다. 지금 전화국에서 우리에게 이롭게 교환하고 있는 요원이었다.

"나야, 정재현."

-아, 조장이구나. 거기서 외부와 연락할 수 있지?

"전신은 가능해."

-바닷가에서 온 통화인데, 애국행진곡을 틀어야 하는데 전축이 고장 나서 틀 수가 없다고 전해 달래. 근데 이게 무슨 뜻일까? 통화는 위험하다면서 이렇게만 전해 왔어.

"글쎄, 전하면 알겠지. 수고해."

정재현은 짐작 가는 부분이 있었지만, 원산에서 오는 통화에서 전화가 위험하다고 말했다면 이 전화도 적에게 알려질 위험이 있을지 몰라 자세한 내용은 대답하지 않고 넘겼다.

－조장도.

정재현은 전화를 끊고, 중앙홀로 뛰어나갔다.

그가 가는 걸음에 바닥에 흥건히 고여 있던 피가 발자국으로 남았다.

"우리 사의 사보社報는 돌리고 있는가?"

독리는 자기 일을 마치고 들어오는 류건율을 보고 말했다.

"네, 독리. 지하동맹을 통해 경성 곳곳에 뿌리고 있습니다. 특히 인력거 조합장인 이동석 조합장이 조합원들과 대량으로 뿌리고 있어 금방 알려질 것입니다."

"그래야지. 32년 만에 제국익문사의 이름으로 나오는 사보이니 경성 모두가 알 수 있게 잘 알려야지."

"그리될 것입니다."

두 사람의 대화가 끊어지길 기다리던 정재현은 잠시 대화가 멈춘 때에 바로 끼어들었다.

"독리 '바닷가'라는 곳에서 중앙전신전화국으로 전화가 왔습니다."

"전화? 그것은 보안이 안 될 텐데……. 내용이 무엇이던가?"

"'애국행진곡을 틀어야 하는데 전축이 고장 나서 틀 수가 없다.'라고 했습니다."

"음……. 지금 몇 시인가?"

독리의 질문에 정재현 시계를 꺼내려 할 때 옆에 있던 류건율이 먼저 대답했다.

"인시寅時(새벽 3시 반부터 4시 반)이옵니다."

"임시壬時(저녁 10시 반부터 11시 반)에 작전을 시작했으니……
시간이 많이 지체되었구나. 일단 정 통신원은 원산항의 점령
에 성공했다고 통신하게. 정확한 상황은 전신기 고장으로 파
악할 수 없다는 것도 전하고."

"알겠습니다."

정재현의 예상대로 바닷가라는 지역을 정확히 몰랐지만,
을 지역이 바닷가를 말하는 것이 아닐까 짐작했는데, 작전
지역을 점령했다는 통화였다.

정재현은 즉시 미군에게 보내는 암호문을 작성해 넘겼다.

"청량리역에서 원산으로 가는 기찻길 중에 곧장 가는 곳이
있나?"

독리가 탁자에 있던 사람 중 한 명을 바라보며 물었다.

"황화철을 운반하는 광물 철도가 있습니다."

"그 철도에 빨리 전신기를 실어 원산으로 보내게. 조금이
라도 시간이 지체되면 안 되네."

"하오나 청량리역은 아직 우리가 점령하지 못했습니다."

"……지금 이동 가능한 병력은?"

독리는 한참을 고민하더니 류건율을 바라봤다.

"청량리는 반대편이라 보낼 병력이 없습니다. 용산의 병
력이 최소한만 남기고 이곳으로 오고 있지만, 그들은 서대문

형무소 쪽의 소요가 심해 그곳으로 가야 합니다. 서대문이 밀리면 이곳까지 지척입니다, 독리."

"끙……. 여의도에 미군 수송기는 도착했는가?"

독리는 지끈거리는 머리를 누르며 류건율에게 물었다.

"아직 비행장에서 사람이 오지 않았습니다."

"직통선은 언제 개통되는가?"

"이번 작전 중 어디선가 끊어져 사용이 불가하다는 의견이 1시각 전에 왔었습니다, 독리."

"아, 그랬지……. 원산항에 미군이 들어오려면 확실한 정보가 있어야 하는데, 쯧……. 어찌한다……."

류건율의 말에 그제야 1시간 전의 보고가 기억난 듯 독리는 혀를 찼다.

"독리, 비행기를 이용하는 것은 어떠십니까?"

독리가 혼잣말을 내뱉으며 한참을 고민하자 류건율이 조심스럽게 제안했다.

"비행기? 비행기는 모두 소실되었다는 보고가 있지 않았나? 일본인 비행사가 격납고에 불을 질러 버렸다고."

"그렇습니다. 전투기는 모두 소실되었지만, 민간 경비행기는 격납고를 따로 쓰니 남아 있을 것입니다."

"가능할지도 모르겠군. 일단 자네가 가서 노익현 상임과 교대하고, 그를 이리로 보내게."

"알겠습니다."

류건율 상임이 나가고, 미국에서 또 한 번의 전보가 날아들었다.

정재현은 해석한 후 적을 시간도 없어 전보를 들고 바로 독리에게 뛰었다.

"독리, 미국 쪽에서 지금 전신기 고장이 확실히 맞는 것인지, 원산항에 접안이 가능한 것인지 빠르게 확인해 통보해 달라는 전보가 왔습니다."

"음……. 우리가 작전 성공을 위해 거짓말을 한다고 생각하는군. 일단 확인되는 대로 회신한다고 보내게."

정재현에게 답장하도록 하고, 독리는 탁자 위에 펼쳐져 있는 지도를 보면서 고민했다.

"비행기로 보내도 준비하는 데에만 반 시진은 족히 걸릴 터인데……. 전보가 또 왔는가?"

독리가 고민하는 사이 암호문을 발송한 정재현이 다시 독리에게 다가오자 이상한 듯 물었다.

"한 가지 여쭤 봐도 되겠습니까?"

정재현은 암호문을 작성하다 꼭 전보를 보내기 위해 전신기를 비행기에 실어 보내야 하는지 조금 의문이 들었다.

이미 그곳에서 전화로 연락이 왔고 전화선을 통하면 충분히 연락할 수 있다고 알게 되었는데, 굳이 전보를 고집하는 이유를 알지 못했다.

"말하게."

"지금 고민하시는 게, 원산과 직통으로 연락할 방법을 찾으시는 겁니까?

 "그러네."

 "이미 전화로 통보를 받았는데, 전화로 연락을 하면 되지 않겠습니까?"

 "일반 전화선은 직통 전화가 아니라 보안이 되지 않네. 이곳에서 원산까지는 개성 철원을 거쳐야 하니 너무 위험하네."

 바쁜 상황에 말단 통신원의 의문을 굳이 독리가 풀어 줄 이유는 없었으나 독리는 차분하게 설명해 주었다.

 "연락만 가능하면 암호문으로 통화하면 되지 않겠습니까? 어차피 저 무선전신기도 같은 주파수를 사용한다면 어디서든 수신받을 수 있는 내용입니다. 그래서 미군과의 연락은 암호문으로 하고 있습니다. 통화를 일본이 도청한다고 해도 그 뜻을 알지 못할 것입니다."

 정재현이 아까부터 이상하다고 생각했던 부분을 말했다.

 완벽한 보안을 위해서는 직통선을 깔아 전문을 주고받아야 하지만, 무선은 그런 보안이 불가능했다.

 그래서 무선으로는 암호문을 사용하는 게 모든 국가의 군대가 쓰는 방법이었다.

 "그렇군, 그런 방법이 있었어! 당장 교환실에 연락해 원산과 전화를 연결하게."

"바로 연결하겠습니다!"

정재현은 자신의 제안이 틀리지 않은 것과 해야 할 일이 생겨 아무런 일도 하지 않는 시간이 줄어들어 기뻐하며 전화를 받았던 사무실로 뛰어갔다.

사무실 안은 아까보다 더 심해진 피비린내가 가득 찼지만, 참고 들어가 전화기에 달린 손잡이를 돌려 교환을 호출한 뒤 기다리자 수화기 너머에서 전화를 받는 소리가 들렸다.

곧바로 군호를 주고받았다.

"원주 어디서 전화가 왔었는지 알고 있어?"

─교환에서는 원주항이라고 했었어.

"일단 원주항으로 연결해 줘."

─잠시만 기다려.

교환을 맡은 요원은 바로 개성과 철원의 교환대를 통해 원산항과 연결했다.

원산항에 연결되자 교환이 군호를 말하는 소리가 들렸고, 곧이어 상대 쪽에도 군호가 들리고 마침내 전화가 연결되었다.

"O E D F E……. 다시 한 번 말하겠습니다. O E D……."

정재현은 전화를 받자마자 알파벳만 쭉 이어서 말했다. 그러고는 이게 무슨 뜻인지 알아차리기를 기다렸다.

다시 한 번 처음부터 끝까지 말했다. 두 번을 말하자 수화기 너머가 잠시 소란스러웠으나, 내용은 들리지 않았다.

잠시 기다리자 정재현이 말한 것과 같이 알파벳을 부르기 시작했다.

　―A H……

　정재현이 보낸 내용은 암호문으로 대화한다는 것과 지금 상황에 대한 보고를 원한다는 것이었다.

　그러자 그쪽에서 금방 알아차리고 암호문으로 보고를 해 왔다.

　정재현이 보낸 것에 비하면 훨씬 길고 많은 문장이었지만, 그는 하나라도 놓치지 않기 위해 글로 작성했다.

　"잠시만 기다리세요."

　전화를 끊게 되면 또다시 교환을 통해 연결해야 해 전화기를 끊지 않고 종이에 적힌 암호문을 해석했다.

　암호문을 모스부호로 모스부호를 다시 법칙에 맞춰 두 번이나 해석해야 하는 일이었지만, 최대한 빠르게 하기 위해 노력했다.

　모든 암호의 번역이 끝나자 다시 전화를 들었다.

　"전달 후 돌아오겠습니다."

　―네.

　정재현은 전화기 너머의 대답을 듣고, 바로 사무실을 나갔다.

　혹시라도 수화기로 대화가 새어 나갈까 봐 사무실의 문을 다시 꼭 닫는 것도 잊지 않았다.

"독리, 원산에서 정보가 넘어왔습니다. 원산항은 지하동맹의 도움을 받아 바로 접안이 가능하도록 준비에 들어갔다는 보고입니다. 원산항 수비대는 섬멸했고, 전신기가 파괴된 것은 라남의 19사단의 정찰대가 내려와 교전 중 전신기를 실은 트럭이 전소되었기 때문이랍니다. 19사단 정찰대는 섬멸했으며, 이철암 사신이 판단하여 19사단에서 정찰대와의 연락이 끊어져 본대가 움직일 가능성이 높아 상황 확인을 위해 19사단 쪽으로 정찰을 보냈다고 합니다. 또한, 19사단이 움직일 가능성이 높으니 빠른 시간 안에 소련군 움직여야 하고, 블라디보스토크의 광무군도 항구를 통해 빠르게 들어오기를 요청해 왔습니다."

"일단 그대로 전보를 보내게. 앞으로도 원산에서 오는 통신문이나 미군에서 원산으로 가야 하는 통신문은 보내고 나서 내게 보고하게."

"알겠습니다."

정재현은 독리에게 대답하고, 전신기에 있는 요원에게 모스부호를 넘겨주었다.

이미 두 번에 걸친 해독을 하면서 모스부호로 된 암호문이 있어 다시 변환할 필요는 없었다.

미군에게 전신을 보내자 얼마 지나지 않아 회신이 돌아왔다.

'블라디보스토크, 수송선, 출발, 소련군, 출진……? 발진?

출정, 광무대, 1시간 전, 수송선, 출발, 소련······? 소련 수송
선, 출발.'

급하게 변환하다 보니 막히는 부분도 있었다.

암호문 자체가 조사는 없이 내용만 전달할 수 있게 만들어
진 것이라 해석이 쉽진 않았지만, 최대한 원래 뜻을 찾기 위
해 노력했다.

모든 해석이 끝나자 곧바로 사무실로 뛰어가, 전신기를 맡
은 요원이 모스부호를 알파벳으로 그대로 만들어 준 덕분에
그 알파벳을 수화기에 대고 말했다.

3장

　제국익문사 중경 임시정부 출장 사무소에는 다섯 대의 전신기가 있는 사무실에서 수십 명의 사람들이 각자 자기 일을 하고 있었다.

　"원산은 아직인가요?"

　작전이 시작되고 4시간이 지났는데에도 경성에서는 남은 잔당이 저항 중이기는 해도 승전보를 알려 오고 있었던 것에 비해 원산에서는 작전의 시작을 알리고 나서 단 한 번도 연락이 없어 작전이 실패했다는 쪽으로 생각이 점점 기울고 있었다.

　"실패했다면 실패했다는 연락이라도 왔을 것입니다. 아직 전투 중인 것으로 사료되니 조금만 기다리시면 좋은 소식이 올 것입니다, 전하.”

이미 몇 시간 전부터 똑같은 대화를 주고받았지만, 심재원은 나를 위로하는 말을 했다.

처음 한두 시간은 작전이 진행되고 있어 연락이 없다고 생각했는데, 시간이 지날수록 생각은 나쁜 쪽으로 흘러갔다.

“곽재우 장군이 출정을 허락해 달라는 요청서를 보내왔습니다, 전하.”

지금 블라디보스토크와의 연락은 미국의 전보를 통해서 하고 있었는데, 그 전보를 통해 광무대를 이끄는 곽재우의 전갈이 넘어왔다.

“아직은 안 됩니다. 원산항을 점령했는지 알 수 없는 지금 출항하게 되면 다시 돌아오지 못할 것입니다, 전하.”

전보를 넘겨준 요원의 말을 함께 들은 심재원이 급히 말했다.

“경성 쪽에서도 원산에 대해서는 알지 못하나요?”

“경성과 원산은 연락 가능한 방법이 없습니다, 전하.”

“일본이 깔아 놓은 연락선이 있을 것 아니에요.”

“아직 경성도 완벽히 점령하지 못한 상황이라 연락은 힘들 것입니다, 전하.”

이 작전에 제국익문사의 모든 전력을 쏟아부었다. 거기다 마지막 남은 광무대까지 집어넣는다면 다음을 기약할 수가 없었다.

연합국이 나와 함께하고 있지만, 그건 내가 최소한의 힘과 유용한 가치가 있기 때문이다.

모든 것을 쏟아붓고 실패하면 그들이 내게서 등을 돌리지 말라는 법은 없었다.

대의명분도 중요하지만, 국제정치가 모두 신의와 대의명분으로 이루어지지 않는다는 건 역사를 공부하며 몇 번이고 봐 왔던 것이었다.

"전하Your Highness!"

미 연락관 대위가 종이 한 장을 가지고 내게 뛰어왔다.

"무슨 일인가?"

"원산의 상황이 나쁘지만은 않은 것 같습니다. 곽재우 장군의 강력한 요청으로 소련군의 비행기가 출격해 원산항을 육안으로 정찰했는데, 지금 작전이 진행 중인 것으로 생각된다는 의견을 전해 왔습니다. 야간이라 완전히 확인은 되지 않으나 원산시 곳곳에서 불꽃이 선명히 올라오고 폭발이 일어나는 것으로 보아 전투가 진행 중인 것으로 생각된다는 의견입니다."

"……고맙네."

경성에는 한 개 사단이 주둔하고 있고, 경찰 병력과 일본인, 민족 반역자들이 많이 있어 자신의 안전을 위해 싸운다지만, 경성과 비교하면 훨씬 작은 도시에서 아직도 전투가 이어지고 있다는 것을 진실로 생각하더라도 중간보고도 없어서 불안한 마음을 완전히 가라앉히지는 못했다.

"잠깐, 북극 항로에서 내려오는 미 태평양 함대는 어디쯤이라고 하던가?"

내게 보고하고 자리로 돌아가려던 대위를 멈춰 세우고 물었다.

"1시간 전에 통보받았을 때에는 베링해협을 지나 오호츠크 해에 접어든다는 전보였습니다. 오호츠크 해에 접어들기 전에 일본 해군의 정찰선을 만났으나 격퇴하고, 빠르게 항속 중이라 해가 뜨기 전에 왓카나이稚內항을 공격 후 상륙할 것입니다."

너무 경성과 원산에만 신경을 써서 잠시 딴 곳을 잊고 있었는데, 다른 곳에서도 전투가 진행되고 있었다.

특히 북극 항로에 숨어 있다 내려오는 태평양 함대는 호주 방어선을 호주군에게 일임하고 솔로몬제도를 포기하면서까지 북극 항로에 숨어 있다가 내려오는 함대였다.

초대형 항공모함인 엔터프라이즈호와 그보다는 작은 급인 와스프호까지 동원해 태평양의 전력을 거의 다 끌어모은 상태였다.

이 작전을 위해 미군도 솔로몬제도를 포기했다. 만약 실패하면 호주까지도 내어줘야 하는 도박이라, 호주에 있는 더글라스 맥아더 장군은 이 작전을 반대했다.

일본의 태평양 점령을 막기 위해서는 호주가 병참기지로

아주 중요했고, 솔로몬제도를 내주게 되면 미국과의 보급로도 거의 끊어지니 한두 달 내로 호주 본토가 공격받을 가능성이 높다는 이유였다.

일본 해군도 같은 생각인지, 솔로몬제도 점령 후 해군 대부분의 함대를 솔로몬제도로 보냈다.

"소련은?"

"작전 시작과 동시에 사할린을 점령했습니다. 이미 사할린에 있던 일본 쪽 관료들을 구금했고, 사할린을 완벽히 점령했습니다. 원산항이 점령된 것이 확인되면, 라남의 19사단과의 교전도 시작될 것입니다."

우리가 작전의 시작을 알렸지만, 다른 두 연합국도 자신이 맡은 일을 충실히 이행하고 있었다.

소련이 우리가 원산항을 점령하지 못하면 관여하지 않는다고 통보해 왔지만, 자신들의 이익과 완전히 부합되는 사할린에 대해서는 우리와 상관없이 빠르게 점령했다.

소련도 이번 작전에 사활을 걸고 있었다.

힘겹게 버티던 레닌그라드는 2주일 전 공방전에 패해 물러난 상태다.

다시 한 번 재탈환을 위해 노력하고 있지만, 태평양 항로의 문제가 해결되지 않으면 재탈환도 요원한 상황이었다.

"어차피 일본 해군이 올라오려면 2일 이상은 걸릴 것이니, 일본 정찰선이야 신경 쓸 것이 없을 테고……."

일본 해군은 솔로몬제도를 점령하고, 호주와 미국 간의 보급로를 끊고 호주 본토를 공격하기 위해 준비 중이었다.

그들이 한반도와 홋카이도에서 전투가 일어난 것을 알고 돌아온다 해도 늦었다.

"그렇습니다."

"이제 남은 건 원산뿐이군. 알겠네."

미군에게 경성과 원산을 직접 점령하라고 했으면 미국은 절대 이번 작전을 시도하지 않았을 것이다.

그 모든 위험성을 제국익문사가 단독으로 책임져야 하는 상황이었다.

인천상륙작전을 지휘했던 맥아더나 노르망디상륙작전을 지휘했던 아이젠하워는 어떤 확신을 가지고 있었기에 말도 안 되는 확률에도 작전을 진행했는지 궁금해졌다.

서류상으로는 성공 가능성이 높다는 결론이 나왔는데도 원산에서 연락이 없으니 몇 번이고 나쁜 생각을 가지게 되는데, 그들은 지금의 나보다 훨씬 더 나쁜 생각을 하지 않았을까 생각됐다.

이미 나는 이번 작전에 거의 모든 것을 걸었으니 작전을 성공시키는 게 무엇보다 중요했다.

"일단 체스터 제독에게 공식적으로 요청하게. 소련군이 움직이지 않으니 수송선으로라도 우리 광무군이 원산항으로 갈 수 있게 해 달라고 요청하게."

"전하, 너무 큰 도박입니다. 곧 연락이 올 것이니 조금만 더 기다리시는 것이 어떻겠습니까, 전하."

"곽재우 장군의 요청은 충분히 일리가 있다고 생각하네. 내 뜻대로 되도록 빨리 전하게."

"알겠습니다, 전하."

내가 이 연합작전의 최초 기안자이기는 하지만 책임자는 아니었다.

책임자는 체스터 윌리엄 니미츠Chester William Nimitz 제독이 었다.

그는 미 해군 태평양 방면 최고사령관이었고, 또한 이번 작전의 연합군 총사령관을 맡았다.

그래서 작전 변경은 연합군 총사령관의 허가가 필요했다.

또한, 배 한 척 가지지 못한 우리로서는 소련군의 배까지 빌려야 하는 상황이었으니, 체스터 제독이 허가한다 해도 소련의 허가도 필요했다.

"이대로 소련군에게도 전보를 보내게."

심재원에게 소련군에게 보내는 서류를 작성하게 했다.

만약 아직 원산항에서 치열하게 전투 중이라면 광무대가 가서 도움을 줄 수 있을 것이다. 그러기를 바라면서 모든 작전을 내렸다.

나는 우리 대한의 **명운**命運을 오늘 작전에 걸었습니다. 우리를 위해 직접 전투에 나서지 못하는 소련의 입장도 아주 잘 이해하고 있습니다. 대신 우리 광무대가 원산으로 갈 수 있는 배와 상륙선을 내어주십시오. 부탁드리겠습니다.

-이우.

이미 곽재우가 소련군에 강력히 요청했다니 무엇을 말하고 어떤 식으로 할 것인지는 다 설명했을 것이다.

내가 할 수 있는 것은 이것을 결정할 수 있는 사람에게 사정하는 것이었다.

이 전보는 모스크바의 스탈린과 블라디보스토크의 소련군 총사령관에게 전해질 것이었다.

물론 이 문서가 공식 외교문서는 아니었다.

이 급박한 시간에 문서를 주고받을 시간도 없었고, 전보로 주고받을 것이다.

하지만 지금 내가 이 정도로 절박하다는 것을 알리기 위해 전보를 보냈다.

미국과 소련 양쪽으로 전보를 보내고 나서 먼저 답장이 온 곳은 미국이었다.

체스터 제독은 우리의 뜻을 존중하고 자신 역시 소련에 정식 요청을 하겠다는 뜻을 전해 왔다.

체스터 제독은 내가 제안한 작전을 열정적으로 환영한 사람이었다.

특히 그는 내 작전에서 그치지 않고, '프로젝트 반격'의 후속 작전까지 직접 수립한 제독이다.

작전을 시작하고 경성과 원산, 홋카이도, 사할린을 점령한 다음, 한반도, 블라디보스토크, 사할린, 홋카이도로 이르는 점령 지역을 기반으로 동해를 연합국의 바다로 만들고, 일본 본토를 직격한다는 계획이었다.

내가 처음 제안한 작전명 '반격'은 일본의 보급로를 끊고, 중국에 있는 관동군과 일본군을 고립시켜 소련과 미국, 중화민국의 공동작전으로 일본군을 고사시킨다는 작전이었다.

그래서 작전 시기가 벼의 수확 시기와 맞물리는 9월이었는데, 체스터 제독은 이 작전을 뒤집었다.

전방에 나가 있는 관동군을 막기 위해 원산과 평양을 이어 한반도를 반으로 자르는 방어 전선을 소련과 미 육군이 만들고, 일본 육군과 해군이 중국, 동남아와 남태평양에 집중하는 지금 홋카이도를 점령하기로 했다. 그리고 그와 동시에 한반도 방어 전선으로 중국의 일본군과 관동군을 막은 후 일본 본토를 습격하겠다는 계획으로 바꾼 것이다.

이 정도로 그는 아주 공격적이면서도 과감한 지휘관이었다.

그래서인지 내가 제안한 작전도 그는 쉽게 승인했다.

체스터 제독의 승인이 떨어지고, 얼마 안 돼 미군 연락관이 전보를 최지헌에게 넘겨주었고, 그가 바로 내게 뛰어와 말했다.

"전하, 모스크바에서 허가가 나왔습니다. 곽재우 장군은 곧바로 승선 후 출항한다는 전보입니다. 배는 미군에서 보증하는 조건으로 소련 측에서 대여, 운용하기로 했습니다, 전하."

체스터 제독은 허가만 해 준 것이 아니라 자신이 가지고 있는 권한을 이용해 우리 광무군이 움직일 수 있게 도움을 주었다.

그가 공격적인 지휘관이고, 작전에 능한 지휘관이어서 가능한 일이다.

"알겠네. 최대한 빨리 출항하라고 전보하게."

"알겠습니다, 전하."

최지헌에게 출항 명령을 전달하고 30분이 채 안 되었을 때, 심재원이 아주 기쁜 목소리로 사무실 안이 쩌렁쩌렁하도록 외쳤다.

"전하! 원산도 점령했다는 보고입니다, 전하!"

심재원의 한마디에 맥이 탁 풀리는 느낌이었다.

새벽 4시가 되도록 그 문제 때문에 초조해하다 좋은 결과를 가져왔는데, 기쁜 마음보다는 맥이 탁 풀려 버리는 느낌이 너무 강해 서 있던 자리에서 가까운 의자에 털썩 주저앉았다.

"다행이군…… 다행이야. 그래, 왜 이리 늦었다고 하는가?"

이미 광무군을 출항시켰고 곽재우 장군이 자원한 일이었지만, 어쩌면 그 작전은 그들을 사지로 내모는 작전 명령이었을 수도 있다.

그 전에 원산으로 보낸 제국익문사 요원들을 내가 사지로 보냈다는 생각에 그 마음을 덜기 위해 그들을 구한다는 명분으로 또 다른 사람들을 사지로 보내는 명령이었다.

하지만 나는 그들이 아직 전투 중이라는 것에 걸었고, 다행히 내 예상을 뛰어넘어 원산을 점령한 상태였다.

이제 빠르게 광무군과 진주만의 미군, 블라디보스토크의 소련이 움직이면 되었다.

"정확한 상황은 다시 한 번 파악해 봐야겠지만, 원산에서 교전 중에 전신기가 파괴되었다고 합니다. 이 정보도 경성을 통해서 우회적으로 들어온 것입니다."

"대위, 일단 미군과 소련군에도 빠르게 전파하게! 양쪽 모두 늦은 만큼 더 빠르게 움직여야 하네!"

"조금 더 정확히 확인할 필요가 있습니다. 육지에서 움직이는 소련군이라면 몰라도, 우리 미군은 접안이 가능해야 합니다. 아직 원산항의 점령 상태와 항구의 상태도 확인되지 않아 출항이 불가능합니다, 전하."

그의 말이 틀린 것은 아니었다. 분명 미국의 입장에서는 상세한 정보가 없이는 움직이기 힘들 것이다.

"그럼 일단 확실한 정보가 오면 바로 출항할 수 있게 전달이라도 하게! 심 사무도 경성에 전보를 넣어 정확한 상황을 빨리 파악해 보내라고 전달하게."

"알겠습니다."

"이미 준비하고 있습니다. 정보만 들어오면 바로 출항할 것입니다."

두 사람은 영어와 한국어, 두 언어로 대답하고, 전신기 쪽으로 갔다.

전신기 한 대는 제국익문사에서 네 대는 미군에서 운용하고 있었다.

경성과의 연락은 제국익문사가 담당하고, 미군은 원주, 블라디보스토크, 진주만, 태평양 함대 이 네 곳의 연락을 담당하고 있는 것이다.

잠시 뒤 경성에서 상세한 답장이 돌아왔다.

미군은 전보를 기반으로 진주만의 함대가 움직였고, 소련에도 연합국 공식 명령으로 '프로젝트 반격'을 실행할 것을 지시했다.

"이제 곧 이곳의 광복군도 경성으로 향할 것입니다, 전하."

광복군 출정식에 참석하기 위해 심재원이 자리를 비우자, 미군과 연락을 담당하게 된 최지헌이 내게 와서 보고했다.

"준비는 잘되었다고 하던가?"

"이미 세 차례에 걸쳐 블라디보스토크에서 항공유를 운송하였고, 일본의 비행기에 대비한……."

내가 물은 것은 중경에서 경성으로 파견될 광복군에 관한 것이었는데, 최지헌이 잘못 알아듣고 대답했다.

블라디보스토크에서 경성으로 항공유를 세 차례 이송했고, 기관총 네 개를 결합해 만드는 대공포 M45를 이송해 임시로나마 대공망을 구축한 상태였다.

기관총이어서 저고도만 견제할 수 있지만, 지상으로도 사용할 수 있어 급한 대로 초기에 투입한 것이다.

제대로 된 대공포와 야포, 전차는 원산항을 통해 미군 본대가 들어와야 사용이 가능할 것이다.

"아니, 그건 보고를 받아 알고 있네. 경성에 대한 것이 아니라 광복군에 대해 말하는 것이네."

"시안 작전 이후 진짜 국내로 진공하는 것이니 다들 흥분에 차 있습니다. 그 자리에 김구 주석이 직접 나가 있는 것으로 알고 있습니다. 광복군 총사령관인 지청천 장군과 부사령관 김원봉 장군도 직접 자원해 경성으로 가기 때문에 사기도 높은 편입니다, 전하."

광복군의 경성 투입이 결정되고, 김구 주석과 지청천 장군, 김원봉 장군, 이시영 재무부장을 비롯해 많은 임시정부의 사람이 내가 출정식에 참석해 주기를 바랐으나, 오늘 밤은 그럴 여력이 없었다.

무슨 일이 벌어질지도 모르고, 경성 탈환이 성공해 출정식이 이루어진다는 것도 확신이 없는 상태였다.

특히 미군 쪽에서 이번 작전의 대한군 최종 결정을 내가 해야 하는 상황에서 출정식에 참석하는 것은 너무 긴 시간이 지체된다는 이유로 참석하지 말 것을 부탁해 왔다.

그들의 진의가 다를 수도 있었지만, 이번만큼은 나도 같은 생각이었다.

제국익문사 요원들이 죽음과 마주하고 싸우고 있는 지금 출정식에는 나를 대신해 심재원과 성재가 참석하기로 했었다.

"그래도 전투 경험 있는 대원이 가는 것이니 도움이 될 것이야. 원산항에서는 다른 연락은 없었나?"

"원산은 점령했고, 미군의 상륙을 준비한다는 연락이 마지막이었습니다. 전화선을 이용해 연락했는데, 개성의 전화국에서 경성과의 연락을 끊어 더는 연락을 주고받지 못하고 있습니다. 대책으로 경성에 있는 여분의 전신기를 경비행기에 태워 원산으로 보냈으니, 조금만 더 있으면 연락이 가능할 것입니다, 전하."

완벽한 작전이라고 생각하고 있었지만, 실제 작전을 수행하면서 예상치 못한 상황이 많이 생겼다.

서대문형무소의 소요도 어느 정도 생각했으나 이 정도로 강할지 몰랐고, 전신기를 소실하는 것도 우리의 작전에는 없던 일이었다.

단지 다행이라면 작전 자체를 실패하게 만드는 변수는 아직 생기지 않은 것이다.

"제국익문사 사람 중에 비행기 조종사가 있었나?"

비행기야 여의도에 남아 있는 것을 사용하더라도 조종할 사람이 있다는 것에 놀라 물었다.

"경성의 노익현 상임통신원의 숙부가 노백린 전 임정 국무총리였습니다. 그에게 비행술을 배운 것으로 알고 있습니다, 전하."

비행기는 우리가 사용할 가능성이 없어 잊고 있었는데, 최지헌의 말에 노익현 상임통신원의 자료에서 제국익문사가 활동하지 못하고 있을 때 노익현이 미국에서 비행 기술을 배웠다는 게 떠올랐다.

"아, 그랬었지……. 조금만 일찍 알았더라면 곽재우 장군을 통해 보내는 것도 나쁘지 않았을 것 같은데. 알겠네."

20~30년대에 잠시 배웠던 것이라 적혀 있었고, 그마저도 비행 횟수가 많지 않았다는 자료가 떠올랐다.

이런 급박한 상황이 아니면 시도조차 하지 않을 작전인데, 상황이 급박해 어쩔 수 없이 시도하는 것으로 보였다.

최지헌이 자신의 자리로 가고, 미군 연락관 대위가 종이한 장을 가지고 내게 왔다.

"무슨 일인가?"

"전하의 결정에 대한 미국의 공식 입장서가 도착했습니다."

"주게."

미합중국 대통령과 미합중국 정부를 대표해 대한인의 지도자(Leader)인 이우 전하의 결정을 존중합니다.

미합중국 역시 이우 전하께서 대한인과 함께 극악무도한 일본에 대항하는 것에는 동의하나 아직 전쟁이 지속되고 있으니, 최전선에 위치한 경성으로 귀국하시는 일은 재고해 주셨으면 하는 게 미합중국의 공식 입장입니다.

이번 탈환 작전이 성공적으로 수행되고 있지만 완벽히 장악한 것이 아니고, 일본에 부역한 자들이 언제 어떤 식으로 위험을 초래할지 모르는 곳이 지금의 경성입니다.

이우 전하의 안전과 나아가 대한 민족의 안녕을 고려해 최소한 경성 인근인 평양, 개성, 인천, 수원 지역까지 완벽히 수복收復한 이후에 귀국하시는 것이 타당하다는 게 우리 미합중국의 공식적인 의견입니다.

이 의견서가 전하의 결정에 도움이 되었으면 좋겠습니다.

-미합중국 국무장관 코델 헐.

이번 작전의 시작은 내가 함께하지 못했지만, 나는 경성을 수복하고 나면 내가 직접 경성으로 돌아가겠다는 생각이었다.

이 부분은 심재원도 임시정부도 동의하지 않았으나 내 주장이 너무 강력하니 막지를 못했다.

하지만 내가 돌아가려면 미국의 비행기가 필요했다. 그래서 그들에게도 내 의견을 전달하니 이들도 공식적으로 반대는 의견을 가져왔다.

"국무부에서 온 것인가?"

"국무부에서 온 것입니다. 하지만 국무부만의 의견이 아닌, 대통령의 재가도 받은 사항으로 알고 있습니다. 아래에 보시면 루스벨트 각하의 서명도 함께 있습니다."

혹시라도 국무부에서만 반대하는 것인가 하고 물었지만, 결국 이게 미국의 공식적인 의견이었다.

"내가 그래도 가겠다고 하면 다음은 어떻게 되는가?"

"비행기는 이미 준비되고 있을 것입니다. 원하신다면 적극적으로 지원하라는 명령도 있었습니다."

이미 내가 다음을 물어본다는 것 자체가 안 갈 방증이라고 생각한 대위는 웃으며 대답했다.

"그럼 계획대로 준비해 주게. 미 국무부로 회신할 답장은 곧 주도록 하지."

"네……? 네, 네."

대위는 내 대답에 놀랐으나, 금방 다시 대답하고는 자리로 돌아갔다.

처음 작전을 시작할 때에는 가지 못했지만 이미 경성에 광복군까지 투입되고 있는 지금은 내가 경성으로 돌아가야 했다.

제국익문사와 광복군의 힘만으로는 일본으로 탈출하려는 일본인과 숨어드는 민족 반역자를 한 번에 잡을 수가 없다.

한반도 안에 있는 대한인의 협조가 꼭 필요했다.

그래서 내가 직접 가서 전국의 대한인이 움직이게 하는 것이 중요했다.

이때까지 조선왕조 그리고 기미독립운동을 할 때까지 이 나라의 지도자가 가장 전면에서 서서 그들을 독려한 적이 없었다.

나는 리더라면 기쁨도 고통도 구성원과 함께해야 한다고 생각했다.

그래서 안전한 이곳이 아니라 조금은 불안하더라도 경성에서 모든 것을 이뤄 나가기로 했고, 그래야만 망국의 황실이 대한인 모두의 지지를 얻어 낼 수 있다고 생각했다.

내 결정은 확고했기에 임시정부, 제국익문사뿐 아니라, 미국도 막지 못했다.

4장

　이미 미국에서 이동했던 시간까지 포함해 며칠간 제대로 된 잠을 자지 못한 상태라 정재현은 미군에게 오는 암호문을 기다리다 잠깐 눈을 감았는데, 자신을 두드리는 손에 깨어났다.

　순간적으로 피로가 조금 가신 것이, 자신이 눈을 감았다 뜬 사이에 잠깐 잠이 들었던 것 같았다.

　"네? 네."

　"암호문입니다."

　정재현에게 암호문을 넘겨주는 전신기 담당 요원의 얼굴에도 피곤함이 드러났다.

　이미 창문 밖으로는 동이 트기 시작해 파란 하늘이 되어 있었다.

암호문을 해독하는 사이 중앙 탁자의 사람들도 피곤함을 참으며 회의를 지속하고 있었다.

"서대문형무소는 우리 수중으로 떨어졌고, 소요는 어느 정도 진정되고 있습니다. 관저촌 일부에서 고립된 상태로 저항하고 있으나, 더는 확전되지 않을 것으로 생각됩니다."

서대문형무소의 순사와 일부 탈출한 고등계 형사, 일본인의 소요를 진압하고 돌아온 류건율 상임통신원이 독리에게 보고했다.

"서대문형무소 기록은 확보했나?"

"체포 기록이 불분명한 인물도 있기는 하나, 일단 독립운동을 하다 체포된 사람들의 기록은 확보했습니다."

"오늘 오전에 확인된 이들부터 우선 석방하게. 이 부분은 지하동맹에서 더 잘 알고 있으니, 몽양 선생께서도 도와주세요."

"알겠습니다. 따로 마련해 놓은 자료도 있으니 함께 확인하겠습니다."

여운형이 독리의 질문에 대답하자, 독리는 이번에는 다른 쪽 제국익문사 요원을 바라보면서 질문했다.

"용산에서 여의도 상황은 넘어왔는가?"

"지금 막 4차 항공유가 도착했고, 중경에서 출발한 임시정부의 광복군이 여의도비행장으로 곧 들어올 예정입니다."

"무기는?"

"대공포와 총류탄이 추가로 들어왔고, 탄알은 많이 준비해 아직 여유가 있는 편입니다."

정재현은 요원의 보고가 끝나기를 기다렸다. 독리가 고개를 끄덕이고 대답하지 않는 사이에 그는 방금 도착한 암호문을 독리에게 넘겨주었다.

"미군에서 넘어온 전보입니다."

"무슨 내용인가?"

독리도 노구의 몸을 이끌고 작전을 지휘하다 보니 피곤함이 많이 올라온 상태였기에, 눈을 감은 채로 정재현에게 물었다.

"진주만을 출발한 미 육군이 내일 오전 원산항에 입항한다는 전갈입니다. 그리고 연합군 총사령관 체스터 제독이 이끄는 함대가 왓카나이항에 성공적으로 상륙했고, 상륙한 미 해병대는 왓카나이항을 점령하고 삿포로까지 진군을 시작했습니다. 본함대 또한 왓카나이에서 동해상으로 이동해 삿포로시와 하코다테 시를 사정권에 두고 폭격하기 위해 준비 중입니다. 소련군 또한 라남의 19사단을 목표로 두만강 도하를 완료하고, 진군 중입니다."

방금 도착한 전보는 연합군의 공식 채널로 온 것이지만, 딱히 경성을 목표로 보낸 전보는 아니었다.

오늘 작전은 미군과 대한군이 하나의 주파수에 공식 채널을 사용하다 보니 서로의 보고를 전부 받아 볼 수 있었는데, 이번 전보는 경성보다는 중경의 대한군 지휘부와 엔터프라이즈함에 있는 연합군 지휘부로 보내는 것이었다.

"우리와 관련된 것은?"

"이것이 전부입니다, 독리."

"알겠네. 가 보게."

독리에게 보고한 뒤 전보를 기다리며 피곤함을 참고 자리에 앉아 있을 때, 누군가 정재현의 뒤에서 그를 두드렸다.

"피곤한가?"

"아닙니다!"

그의 등을 두드린 사람은 류건율 상임이었기에 정재현은 놀라서 대답했다.

"안 피곤한 게 비정상이지. 일단 저쪽에 가서 쉬고 오게. 미국에서 온 요원들은 이동 시간이 너무 길었으니 먼저 몇 시간 휴식을 취하게 하라는 독리의 명령이 있었다. 자네도 가서 쉬고 오게. 이곳은 이제부터 이 친구들이 담당할 테니."

류건율은 다른 요원 두 명과 함께 왔는데, 정재현과 전신기를 담당하던 요원에게 말했다.

작전이 진행 중이지만 미국에서 온 제국익문사 요원들은 며칠 전부터 이 일을 위해 이동했고, 장시간의 이동으로 생긴 피로는 어쩔 수 없었다.

"감사합니다."

미국에서 오지 않고 중경에서 몇 달 전부터 경성으로 잠입했던 요원과 교대하고 자리에서 일어난 정재현은 천천히 걸어 총독부 정문으로 나왔다.

자신과 함께 전신기를 담당했던 요원은 쉬기 위해 사무실로 들어갔으나 정재현은 잠깐 졸아서인지 아까보다 조금 나아졌고, 계속해서 맡은 피 냄새로 맑은 공기가 마시고 싶어 밖으로 나갔다.

문밖으로 나가자 아침인지 저녁인지 알 수 없는 파란 하늘이 정재현은 맞았다.

새벽의 신선한 공기를 기대했으나 총독부 앞 역시 피 냄새와 화약 냄새로 가득해 그 일부가 그의 폐로 들어왔다.

그리고 이어 그의 귀에 비명이 들렸다.

총독부 앞은 하얀 가운과 붉은색 십자가 띠를 두른 사람들이 뛰어다니고 있었고, 지하동맹에서 준비한 천막 아래에는 수십 명 이상의 환자가 누워 있었다.

작은 부상에서부터 다리 하나가 잘려 나가거나, 팔이 잘려나가 괴로움에 비명을 지르는 사람들도 있었다.

그리고 총독부 건물 왼쪽에는 아무런 비명도 없는 사람들이 거적에 깔려 한 명씩 누워 있었다.

아직 사상자를 제대로 수습하지는 못했지만, 신원을 확

인하기 위해 시체를 한 구씩 열과 줄을 맞춰서 눕혀 놓은 것이다.

그리고 지금도 지하동맹의 사람들이 계속해서 시체와 환자를 데려오고 있었다.

그 방법도 다양했는데, 인력거에 실려서 오거나 구급차, 그리고 두 사람이 든 들것에도 실려 오고 있었다.

총독부의 오른쪽에서는 새벽보다 줄어들었지만, 이따금 총소리와 폭발음이 들렸다.

정재현은 처음 자신이 적을 죽였을 때는 너무 정신이 없어 몰랐다가 이곳 총독부에서 산처럼 쌓인 시체를 보았을 때 헛구역질이 났고, 속이 울렁거렸었다.

하지만 이제 적응이 된 것인지 환자를 볼 때는 안타까움이 있었으나, 그들의 상처나 시체를 보면서 속이 울렁거리거나 하지는 않았다.

파란색이었던 하늘이 조금씩 밝아지며 낙산 너머로 해가 떠오르기 시작하자 어젯밤 총독부 점령 이후 일장기가 내려졌던 총독부 앞 국기 봉에 대한제국의 국기인 태극기가 올라갔다.

그와 동시에 대한제국의 애국가가 일본이 설치해 놓은 확성기를 통해 경성 전체에 울려 퍼졌다.

가사는 없는 연주곡이었지만, 노래 자체가 주는 삼엄하면서 진중한 분위기가 정재현의 가슴속 무언가를 흔들어 오묘

한 감정을 들게 했다.

-대한 국민 여러분, 대한제국의 후계자 이우입니다. 우리 황실과 임시정부는 대한의 독립을 위해 많은 노력을 하였고, 우리는 경성을 탈환하는 데 성공하였습니다. 경성과 원산항을 우리 군이 점령하였고, 그 두 선을 이어 미국, 영국, 불란서, 소련과 함께 연합국의 일원으로 일본의 야욕을 꺾을 것입니다. 일어나십시오! 우리 대한을 위해…….

"대한 독립 만세!"

"대한 독립 만세!"

처음엔 총독부의 앞마당에 모여 있던 제국익문사 요원들과 지하동맹의 사람들로부터 시작됐다.

국기 게양식과 경성에서 울려 퍼지던 애국가가 끝나자 이우 전하의 목소리가 확성기를 타고 경성에 나오기 시작했고, 얼마 안 돼 사람들의 목소리로 이우 전하의 목소리는 들리지 않게 되었다.

한두 명이 시작한 외침이 조금씩 커지더니 총독부 앞 거리를 메우고 종로거리까지 퍼져 나갔다.

간밤에 있었던 총소리와 폭발에 놀라 자신의 집과 술집, 건물 뒤편의 길까지, 곳곳에 숨어 있던 사람들이 일제히 거리로 쏟아져 나오기 시작했다.

"어젯밤 우리가 한 일이다."

총독부 계단에서 아무도 없던 거리가 사람들이 가득 메워지기까지 멍하니 바라보던 정재현에게 동기이자 친구, 그의 조 부조장인 나석영이 계단을 올라오며 말했다.

"우리가 역사를 만들었구나."

'대한 독립 만세!'라는 소리가 온 경성을 가득 채우고 있었고, 새벽 내내 들리던, 조금 전까지도 이따금 들리던 총소리까지 들리지 않게 되었다.

정재현이 중얼거리듯 말한 단어를 바로 앞에 있었던 나석영은 알아들을 수 있었다.

"그런데 표정이 왜 그래, 이렇게 기쁜 날에."

"뒤를 돌아봐. 웃음이 나지 않는다."

나석영이 그의 말을 듣고 뒤를 돌아섰다.

자신이 저 무리에 있을 때는 몰랐으나, 무리에서 빠져나오니 저들의 기세에 기가 질리고 온몸의 털이 곤두서는 느낌이었다.

이 많은 대한인이 어디에 숨어 있었는지, 알 수 없을 정도로 끝이 안 보이는 사람의 행렬은 환희에 가득 찼지만 바라보는 사람에게 무서움을 느끼게 했다.

"엄청나네……."

"섬뜩하다……."

"응?"

엄청나거나, 환희에 찼거나, 아니면 인파에 대해 무서움을 느끼거나 하지만 나석영의 생각 중에 정재현이 말한 섬뜩하다는 없었다.

그제야 나석영이 그의 시선을 따라가니 거리에 가득한 사람들이 아닌 총독부 앞 천막 아래에 다쳐 누워 있는 요원들을 바라보고 있었다.

"이렇게 좋은 날에 왜 섬뜩해?"

나석영은 저기 누워 있는 다친 요원을 보면서도 그들이 안쓰럽기는 했으나 섬뜩하다는 뜻은 이해할 수 없었다.

"저기 누워 있는 게 너와 내가 될 수도 있었어."

"이미 죽기를 각오했잖아."

"우리는 그랬지. 하지만 저들은 아냐. 오늘은 우리가 대한제국의 땅을 모두 수복한 것이 아닌, 일본의 수많은 식민지 중에서 가장 약한 부분을 점령했을 뿐이야. 당장 다음 주에 만주 벌판의 관동군이 밀고 내려오면 저 희열에 찼던 사람들 모두가 저기에 누워 있을 수도 있어. 나는 지금 내가 바라보고 있는 이 모습이 시체들의 광란으로 보여."

"천천히 죽어 가느냐 아니면 열렬히 싸우다 죽느냐. 나는 실패하더라도 열렬히 싸우다 죽겠어. 들어가서 쉬자. 오후에 우리도 교대해 줘야 해."

두 사람의 대화는 그게 끝이었다.

환호와 함성, 절규가 섞인 '대한 독립 만세'를 뒤로하고, 총독부로 들어갔다.

바깥의 뜨거움과 조금 다른 뜨거움이 총독부 내부를 감싸고 있었다.

❧

"비행기가 준비되었습니다, 전하."

초여름에 중국으로 탈출해 다시 초가을에 경성으로 돌아
가는 비행기를 탔다.

이제 막 경성을 점령했다.

일본인과 종로서 고등계 형사, 형무소에서 근무했던 순사
등 일본의 앞잡이로 대한인을 핍박했던 사람들 중에서 경성
밖으로 탈출한 자들을 제외하고, 관저촌 전투로 9월 10일 아
침에 마지막 적을 사살했다.

"경성의 상황은 어떤가?"

최지헌의 말에 차에 올라 제국익문사에서 들어온 정보를
토대로 작성한 보고서를 보면서 물었다.

"이곳에서 들어간 대한국재건위원회大韓國再建委員會 부위원
장인 여운형과 광복군의 일부, 지하동맹에서 뽑은 인원을 위
주로 치안내를 결성해 치안 유지에 들어갔습니다. 광복군은
전하의 뜻대로 제국익문사와 협력해 대한인 중에서 대한군
의 지원을 받고 있습니다. 이미 일본군이 강제징집한 인원이
있어 그 숫자가 얼마 안 될 것으로 생각했던 것과는 다르게
10대의 학생부터, 40~50대의 노인까지 지원하는 상황이라

인원을 추려야 할 것 같습니다, 전하."

최지헌이 설명하는 사이 차는 제국익문사 중경사무소를 출발해 미군의 공군기지로 향했다.

경성을 점령하자마자 중경에 있는 김구 주석을 위원장으로 하는 대한국재건위원회가 발족했다.

이미 모든 작전 계획에 나와 있었던 상황이라 점령한 직후 바로 발족할 수 있었다.

물론 아직 정식 회의조차 한 번도 못 한 상황이었지만, 부위원장에 취임한 여운형을 중심으로 경성의 치안 유지를 시작으로 활동에 들어갔다.

"치안 유지는 잘되고 있다고 하던가?"

"지금까지 약탈이나 방화 같은 범죄는 없었습니다. 물론 아직 경성을 점령한 지 만 하루도 안 된 상황이라 일어나지 않은 것일 뿐 지금부터가 더 중요하다고 여운형 위원장이 전해 왔습니다, 전하."

"그럴 시간도 없었겠지. 심 사무, 중경에서의 마무리를 잘 부탁해요."

최지헌에게 보고를 받는 사이 미군 기지에 도착했는데, 이미 도착해 있는 여러 사람들이 우리를 기다리고 있었다.

"돌아가 뵈올 때까지 이곳을 잘 돌보겠습니다, 전하."

차에서 내리기 전 내 옆자리에 앉은 심재원 사무가 내 말에 대답했다.

심재원은 이상결 상임과 함께 중경에는 이미 몇 남지 않은 제국익문사 요원들과 중경사무소와 곳곳에 남아 있는 자산을 정리하기로 했다. 그리고 한반도로 돌아가는 길이 열릴 때까지 중경에 남아 있는 제국익문사 요원들의 가족과 우리가 받아들인 대한인을 보살필 예정이었다.

심재원이 내 옆에 있었으면 좋겠으나 이제 요원이 얼마 남아 있지 않은 중경에서 그까지 빠지면 이곳이 유지가 안 된다는 심재원의 요청으로 그가 중경 담당자로 남기로 했다.

전선 폭격과 정찰을 위해 수없이 이륙했다 착륙하는 미 공군기지에는 임시정부의 주요 인사가 나와 있었다.

시간을 맞춰서 온다고 왔는데, 내가 조금 늦어 본의 아니게 다른 사람 모두를 기다리게 하는 형태가 되었다.

처음에는 중화민국의 인사만 있는 줄 알았는데, 중화민국의 군복을 입은 인물도 몇 명 눈에 들어왔다.

내가 차에서 내리자 사람들이 다가왔다.

"반갑습니다."

여러 사람에게 한 번에 인사하자 그중에서 나와 가장 가까운 성재 이시영 재무부장이 내게 다가와 말했다.

"결국, 이뤄 내셨습니다, 전하."

"이제 시작이지요. 아직 이뤘다고 말할 수는 없어요."

성재와의 인사를 시작으로 다른 사람들과도 일일이 인사할 때에 등 뒤에 서 있던 중화민국 군복을 입은 사람의 입에서 큰 소리가 터져 나왔다.

"주석 각하께서 도착하십니다!"

그 말에 조금 전 인사했던 김구 주석이 떠올랐다가 그는 이미 도착해 있다는 생각이 들며 다른 주석이 떠올랐다.

모여 있던 사람들이 가장 선두의 중화민국 군인들을 기준으로 양쪽으로 갈라져 서자, 다섯 대의 차가 비행장으로 들어왔고 그 가운데 차가 우리가 갈라져 만들어진 길에 멈춰 섰다.

멈춰 선 차에서 장제스 주석이 내려 우리에게 다가와 김구 주석에게 먼저 악수를 청했다.

두 사람의 중국어 대화를 내 옆에 있는 최지헌이 내 귀에 통역해 주었다.

"이렇게 송별 파티도 없이 떠나게 되어 슬프다고 합니다. 김구 주석은 특별한 관심만으로도 감사드린다고 대답했습니다, 전하."

김구 주석과 인사를 끝낸 후 장제스 주석은 내 쪽으로 다가와 악수를 청하며 중국어로 말했다.

"뜻하는 바를 이루셨습니다."

최지헌의 통역에 나도 그가 알아들 수 있는 일본어가 아닌 한국어로 그에게 대답했다.

"이제 시작입니다. 첫 단추를 잘 끼웠으니 그다음도 잘될 것으로 생각합니다."

"넘어져도 우리 연합국에서 응원하니 옳은 길로만 걸어가시면 됩니다."

최지헌의 통역이라 정확하게 그가 어떤 어투로 말했는지까지는 알 수 없었으나 내용은 굉장히 정중했다.

"감사합니다."

김구 주석과는 악수와 대화가 끝이었는데, 장제스가 갑자기 나를 끌어안았다.

김구 주석보다는 키 차이가 나지 않아 어린아이를 끌어안는 모양새가 되지는 않았지만 어쨌든 내가 장제스보다는 키가 작았는데, 그는 고개를 살짝 숙여 내 귓가에 대고 말했다.

"민심은 천심이다, 명심하지. 이번에 나는 내 주위에 부패한 자를 쳐 낼 생각이네. 자네도 자네의 말을 가슴에 새기게."

지금까지 말했던 중국어가 아닌 내가 알아들을 수 있는 일본어였다.

"저 역시 민심은 천심이란 것을 새길 것입니다."

나도 일본어로 그의 말에 대답했다.

시난빈 만남에서 내가 말했던 민심은 천심이다가 그의 가슴속에 남아 있었던 모양이다.

이런 돌발 행동에 놀랐지만, 내 말이 그가 중화민국의 암 덩어리를 발견하는 계기가 되었다는 것에 만족했다.

이 암 덩어리를 제거하기 위해 하는 수술로 환자가 다시 살아날지, 아니면 아직 완전히 회복되지 않는 몸에 무리한 수술을 함으로써 완전히 죽어 버릴지는 의사인 장제스의 손에 달려 있다.

다만 아직 그 암 덩어리가 제거할 수 있을 크기만큼 작고, 지금의 중화민국이 수술을 버틸 수 있는 체력이 있기를 바랐다.

중화민국이 이전의 역사처럼 타이완 섬으로 쫓겨 가면 독립한 대한의 안전을 장담할 수가 없다.

국경을 맞대야 하는 중국이다. 완전히 중국을 장악하지는 못하더라도 그들이 버텨 줘야 우리나라에 이득이었다.

장제스의 갑작스러운 행동에 주위에 있던 모든 사람이 놀랐으나, 귓가에서 아주 작은 목소리로 이야기를 주고받아 그와 내가 나눈 대화를 듣지는 못했다.

"앞으로도 우리 중화민국은 지금과 같이 대한의 혈맹으로서 함께할 것입니다."

나를 놓고 나서 장제스는 아주 큰 목소리로 외쳤고, 최지헌이 그 말을 통역해 주었다.

"위기의 우리나라를 위해 보여 주신 신뢰, 잊지 않겠습니다. 여기 계신 김구 주석과 함께 우리 대한도 중화민국과의 혈맹 관계임을 잊지 않을 것입니다."

이 모든 모습은 중화민국에서 나온 사진사와 임시정부에서 나온 사진사가 모두 기록하고 있었다.

그 후 이곳에 나와 있는 모든 사람이 모여 사진을 찍었다.

중앙의 왼편에 내가, 오른편에는 장제스 주석이 섰고, 김구 주석은 내 왼편에 섰다.

그리고 중앙을 기점으로 왼편에는 심재원, 성재를 비롯한 대한인이, 오른편에는 중화민국의 인물들이 서서 사진을 찍는 것을 마지막 공식 행사를 마치고 비행기에 올랐다.

꽃무늬

비행기로 올라서자 비행기 측면에 대한제국기와는 중앙의 태극 모양이 약간 다른 임시정부의 태극기와 운현궁의 오얏꽃 문양이 그려져 있었다.

물론 미국의 비행기여서 꼬리에는 파란 바탕의 하얀 별이 그려져 미군기임을 나타내고 있었다.

비행기에 탑승하자 공교롭게도 나와 김구 주석이 가장 앞자리에 나란히 앉았다.

"임시정부를 배려해 주셔서 감사합니다, 전하."

김구 주석은 내 옆자리에 앉아 조용하게 말했다.

"무엇을 말인가요?"

"대한국재건위원회의 위원장 자리에 저를 선임하라 명하셨다 들었습니다, 전하."

지금까지 김구 주석이 내게 말할 때, 말의 말미에 전하를

붙이는 경우는 자신이 하고 싶은 말을 강조할 때를 제외하고
는 없었는데, 이번에는 황실 법도에 따라 모든 말끝에 전하
라는 말을 붙였다.

"힘든 일을 드린 것뿐입니다. 지금 경성에는 아무것도 없
습니다. 관동군이 언제 내려올지 모르고, 대양에 나가 있는
일본 해군이 언제 올라와 폭격할지도 모릅니다. 지금 경성을
수습하고 미국과 협력해야 합니다. 그래서 사람들을 잘 이끌
수 있는 사람이 필요했고, 그 부분에 가장 잘 맞는 사람이 김
구 주석이라 생각했을 뿐입니다."

나를 대우하는 김구 주석에게 나 역시 그를 존중하며 대답
했다.

"알고 있습니다. 이미 경성에서도 대한군을 조직하기 위
해 준비에 들어간 것으로 알고 있습니다. 기본적인 훈련밖
에 못 하겠지만, 그들을 막아 내기 위해 노력할 것입니다,
전하."

그 말을 마지막으로 더는 대화가 이어지지 않았다.

이륙을 시작한 비행기는 안에서 차분히 대화가 가능할 정
도로 조용하지 않았고, 큰 목소리를 내서 대화할 정도로 중
요한 일은 아니어서 나와 김구 주석 둘 다 굳이 대화를 이어
나가지 않고 각자 생각에 잠겼다.

비행기가 여의도비행장의 유도에 따라 고도를 낮추기 시작했고, 얼마 지나지 않아 비어 있는 활주로를 통해 내려앉았다.

비행기에 있는 작은 창문 틈으로 구름같이 몰려 있는 한국인의 모습이 한눈에 들어왔다.

비행기가 내려앉은 뒤, 비행기에 계단이 맞춰지고 문이 열렸다.

"먼저 내리십시오. 첫 하선의 영광은 이 일을 성공시키신 전하의 것입니다, 전하."

비행기에서 내릴 준비가 완료되자, 옆자리에 앉아 있던 김구 주석이 내게 조용히 말했다.

"고맙습니다."

김구 주석에 대답하고 자리에서 일어나자 비행기 안에 타고 있던 사람들이 박수로써 나를 환송했다.

그들에게 고개를 살짝 숙여 답한 후 비행기 출구로 다가갔다.

"귀국을 감축드립니다, 전하."

계단을 설치하고 나를 맞이하기 위해 비행기에 오른 제국익문사 요원이 웃으며 말했다.

"고맙네."

그의 어깨를 한 번 두드려 주고, 비행기 출구 앞에 서자 사위가 쥐 죽은 듯 조용했다.

그리고 내가 한 발을 내디뎌 밖으로 나가자, 한강 변에 모여 있던 사람들에게서 환호성이 튀어나오기 시작했다.

"와!"

"황제 폐하 만세!"

"대한 독립 만세!"

그 환호에 손을 들어 답해 주며 계단을 내려오자 환호는 일정한 구호로 변했다.

내가 황제가 된 것도 아닌데 한강 변에 모여 있는 인파가 두 개의 구호를 번갈아 가면서 외쳤다.

계단 아래에는 대한국재건위원회 부위원장인 여운형을 비롯해 김원봉 부사령관, 지청천 사령관 등 많은 사람이 나를 기다리고 있었다.

눈을 돌려 독리를 찾았으나 그는 직접 나와 있지 않았다.

"귀국을 환영합니다, 전하."

"귀국을 감축드립니다, 전하."

독리를 제외하고 나와 함께 목숨을 걸기로 약속했던 사람들이 모두 모여 나를 환영했다.

그들과 일일이 악수하며 감사를 표했다.

내 뒤를 이어서 내린 김구 주석도 나만큼이나 큰 환영을 받으며 비행기에서 내렸다.

"귀국 축사는 총독부 건물에 준비했습니다. 차에 오르시면 됩니다, 전하."

그의 말을 듣고 앞을 보니 내가 경성에서 항상 타고 다니던 차가 눈앞에 있었다.

차에 오르자 운전사도 아주 익숙한 사람이었다.

"배 상임, 잘 지냈는가?"

운전석에 앉아 있는 배중손 상임통신원에게 웃으며 말을 건넸다.

"전하의 보살핌으로 편안히 지냈습니다. 마마께서도 전하의 걱정은 많이 하셨으나 건강히 계십니다, 전하."

"아이들은?"

"모두 몸 건강히 낙선재에 머무르고 계십니다, 전하."

이번 작전을 하면서 가장 걱정되었던 부분 중의 하나가 내 가족의 안위였다.

다른 중요한 작전이 많아 많은 인원을 배정할 수 없었고, 배중손을 비롯한 제국익문사 요원 몇 명이 붙어 그들을 보호하고 있었다.

강원도로 대피 계획까지 수립했으나, 다행히 일본이 미리 알아채지 못해 낙선재에서 안전을 도모했다.

"다행이군."

내 차에 최지헌과 시월이가 타고 나자 차는 곧바로 출발했다.

강남 쪽 한강 변에도 많은 사람이 나와 있었는데, 반대편 강북 쪽에도 많은 사람이 나와 중경에서 귀국하는 사람을 환영하고 있었다.

　차는 임시로 만들어진 나무다리를 이용해 여의도 샛강을 건너, 다시 한강대교를 건너 경성으로 들어갔다.

　경성의 길거리에도 이미 수만의 인파가 나와 있었는데, 이 정도의 대한인이 모인 인파는 경성에서 축구 경기를 관람했을 때와 전인규, 김태일 석방 시위에 이어 세 번째 보는 모습이었다.

　사실 이번에 모인 사람이 그때와 비교해도 훨씬 많게 느껴졌다.

　많은 인파가 모여 있었지만, 치안대의 특별한 제지가 없이도 자체적으로 질서를 지켜 차가 지나갈 수 있는 길은 쉽게 확보되었다.

　한강 변부터 이어지던 만세 함성은 내가 총독부 건물에 도착할 때까지 이어졌다.

　멀리 보이는 총독부 건물의 국기 봉에는 태극기가 휘날렸고, 건물의 벽에도 대형 걸개그림으로 태극기가 그려져 중앙 입구를 중심으로 양쪽으로 내려져 있었다.

　차가 인파를 지나 총독부 건물에 이르자 광화문통의 넓은 대로는 우리 차가 지나온 자리가 없어지며 인파로 가득 채워졌다.

나와 함께 한강에 있던 사람들도 차를 통해 이동해 중경 임시정부의 사람, 지하동맹의 사람, 마지막으로 나와 함께하는 제국익문사의 사람 일부가 총독부 정문의 계단을 올랐다.

급히 준비하느라 연단演壇 같은 것은 설치되어 있지 않았지만, 총독부 앞 계단이 충분히 단상 역할을 해서 특별히 문제 될 것은 없었다.

그 계단 중앙에 마이크가 설치되어 그곳에 서서 연설할 수 있게 되어 있었다.

"이번 작전의 미 육군 사령관인 제임스 알렉산더James Alexander 대장입니다, 전하."

계단 위의 의자에 앉아 있던 사람 중 미군 군복을 입고 있는 인물이 내게 다가왔고, 여운형이 그를 소개했다.

"도와줘서 고맙습니다."

그가 알아들을 수 있게 영어로 그에게 인사를 건넸다.

"이제 시작이니 그 말씀은 전쟁이 끝난 이후 받겠습니다. 그리고 제가 가장 바랐던 것이 저 'Japs'를 죽이는 것입니다. 내 의지로 이번 전쟁에 자원한 것이 신경 쓰지 마십시오."

"미군의 도움이 없었다면 이번 작전은 성사되지 않았을 겁니다."

"다들 기다리고 있습니다. 앞으로 전쟁을 헤쳐 나가자면 저들에게 용기를 불어넣어 주셔야 합니다."

제임스 대장의 말에 그와 인사를 마치고 마이크 앞으로 다가갔다.

"황제 폐하 만세! 대한 독립 만세!"

내가 마이크 앞에 멈춰 서자 조금 잦아들었던 함성이 다시금 커졌다.

그 함성이 잦아들기를 잠시 기다렸다. 그 소리가 처음보다 조금 잦아들자 마이크에 대고 말을 시작했다.

"자랑스러운 대한인 여러분, 이렇게 환영해 주셔서 감사합니다. 나는 언젠가 꿈을 꾸었습니다. 한반도의 유일한 주인인 대한인이 전 세계로 나아가 세계를 이끄는 그 모습을 꿈꾸었습니다. 우리의 전쟁은 끝이 나지 않았습니다. 우리를 핍박했던 저 무리는 아직도 서슬 퍼런 칼을 들고 우리를 죽이기 위해 준비하고 있습니다. 그래서 앞으로 얼마나 긴 전쟁을 치러야 하는지, 또 우리의 피를 얼마나 흘려야 하는지 알 수 없습니다. 하지만 내 땅 위에서 피 흘려 죽어 갈지언정 나는 저들의 개가 되지 않을 것입니다. 그래서 나는 이 자리에서 굳게 맹세합니다. 상제上帝가 허락한 이 땅의 주인이 우리임을, 또한 우리의 역사는 우리의 손으로 만들어 갈 것을 굳게 맹세합니다!"

내가 그들의 황제는 아니었다. 아직 즉위식을 한 것도 아니었고 대한제국이 재선포된 것도 아니었지만, 굳이 부정하거나 해서 그들의 기대에 어긋나는 말은 하지 않다. 다만 용기를 불어넣을 수 있는 연설만 했다.

내가 짧은 연설을 끝마치자 처음 마이크로 나왔을 때보다 더욱 큰 함성이 광화문통을 넘어 종로, 경성역까지 모든 경성을 채웠다.

내 짧은 연설 이후에 김구 주석과 여운형 부위원장, 제임스 알렉산더 장군의 연설까지 마치고 나서 총독부를 지나 경복궁으로 들어왔다.

일장기가 내걸려 있던 경복궁의 입구에는 일장기 대신 태극기가 걸려 있었고, 그 안에는 회의할 수 있는 의자와 탁자가 놓여 있었다.

"강녕하셨습니까, 전하."

"독리! 나야 제국익문사가 이렇게 보호해 주는데 건강했지요. 독리도 건강하셨나요?"

"아직 노구를 이끌고 있지만, 작전을 수행할 정도로 건강합니다, 전하."

독리와의 짧은 인사를 마치고 왜 나오지 않았는지 물으려다 그의 뜻이 충분히 짐작돼 묻지 않고 탁자에 앉았다.

"일본의 대응은 어떻습니까?"

회의를 위한 탁자에서 연설대 위에 있던 인물 중 제임스 장군만 전선 정비를 위해 떠났고, 나머지 사람들은 여기에 둘러앉았다.

"본토의 분위기까지는 파악하지 못했지만, 이번 작전 이후에 수원, 군산, 대전과 개성, 평양에서는 일본인과 민족 반역자들이 빠르게 북쪽, 남쪽으로 도주하고 있습니다. 특히 오늘 오전 점령한 개성은 일본인 관리자와 민족 반역자 들이 모두 북으로 도망쳐, 무혈입성했습니다."

내 질문에 여운형이 보고서를 가지고 보고했다.

"다행이군요. 그럼 지금 개성까지 진격한 것인가요?"

"그렇습니다, 전하. 지금 미군과 대한군 1사단, 2사단이 계속 진격 중으로, 내일 오전 중 평양을 점령하기 위한 전투를 진행할 것입니다. 연합군은 서쪽으로는 평양의 대동강을 중심으로 한 방어선과 동쪽으로는 언진산맥과 낭림산맥을 중심으로 한 방어선 구축을 최종 목표로 진군 중입니다. 특히 라남을 소련군과 합동 공격하기 위해 이동 중인 미군과 대한군 1사단은 오늘 전투에 돌입할 예정입니다."

이전까지 광무군이라 불리던, 곽재우가 이끄는 부대와 제국익문사의 일부를 제외한 요원들, 지하동맹에서 차출된 인원이 합쳐져 대한국재건위원회 산하 대한군으로 정식 창설되었다.

광무군은 대한군 1사단으로 편제가 변경되었는데, 한 개 사단의 병력은 아니었지만 차후 모병을 통해 인원을 채울 예정이었다.

또한, 대한군 2사단은 지하동맹에서 군사훈련을 받아 본 적이 있는 사람들과 제국익문사 미국파견대, 중경훈련소에

서 나온 2기생을 중심으로 만들어진 편대였고, 마지막 3사단
은 광복군을 중심으로 만들어진 사단이었다.

대한군 총사령관에는 지청천 장군이, 1사단장은 곽재우
장군이, 2사단장은 제국익문사 사신인 이철암 사신이, 3사단
장은 김원봉 광복군 부사령관이 취임했다.

세 개 사단이 있지만, 세 개 사단 모두 사단으로 불리기에
는 인원이 부족한 상태였다.

언진산맥, 낭림산맥과 대동강을 중심으로 하는 방어진은
처음 작전이 수립될 때부터 예정되었던 계획이었다.

경성과 원산을 점령 후 북으로는 평양까지 전선을 형성하
고, 남으로는 군산까지 점령한다는 계획이었다.

특히 남쪽 군산의 점령이 굉장히 중요했는데, 중국 전선으
로 나가는 쌀의 선적항이 군산이라 이곳을 점령해 식량 반출
을 막아야 했다.

"그리고 남쪽은 조지 스미스 패튼George Smith Patton Jr. 소장
이 이끄는 기갑부대가 경성에 도착하는 대로 진군할 예정입
니다. 대한군 3사단은 조금 먼저 수원 지역으로 들어가 점령
하고, 경찰서 등을 무장 해제시키고 있습니다. 특히 김원봉
사단장이 대한군 3사단의 사단장이라는 게 일려져 가는 지역
마다 환호를 받는 것으로 보고되었습니다. 그리고 라남은 19
사단을 제외하고 현재 한반도에 남아 있는 마지막 정규군인
일본 해군 진해항 요새 사령부의 군함이 출항하거나 입항하

는 특별한 움직임은 아직 확인되지 않았습니다. 다만 시내에 나와 있던 일본인이 모두 사령부로 복귀하였습니다, 전하."

"수고하셨습니다. 경성은 괜찮은가요?"

전선에 대한 보고를 여운형에게 들은 후 경성에 관해 물었고, 이 질문에는 독리가 대답했다.

"작전이 성공하자 제국익문사에서 준비한 사보를 대대적으로 배포했는데, 이번 작전의 주체가 대한인이라는 것을 알게 된 후 경성에서는 특별한 소요가 없었습니다. 그리고 해당 사보가 사람을 통해 각 지역으로 전달되고 있어서 개성, 평양, 수원에서는 일본인과 민족 반역자가 빠르게 빠져나갔습니다. 아직 전라도나 경상도 지역에서는 일본인이 빠져나가는 모습이 없으나, 이 이야기가 알려지면 빠르게 빠져나갈 것으로 생각합니다, 전하."

"생각보다 소요가 없이 자신들의 안위만 생각하며 빠져나가 주어 다행이네요."

"제 생각도 그렇습니다. 각 지역에서 민병대 형태로 저항할 것으로 예상했는데, 조용히 경성에서 최대한 먼 지역으로 빠져나가고 있습니다. 아무래도 이들은 곧 다시 일본군이 들어와 점령할 것이라 여기고 소나기만 피하자는 생각으로 조용히 물러나고 있는 것으로 생각됩니다, 전하."

"수고하셨어요. 김구 위원장님, 할 말이 있으신가요?"

자리의 상석에는 내가 앉아 있었고, 내 바로 오른편에 앉아 보고를 듣고 있던 김구 대한국재건위원회 위원장에게 물었다.

"일단 지금까지 모두 수고하셨습니다. 우리나라가 이런 정규군을 가지고 전투를 진행하고 있다는 것이 감격스럽습니다. 어제 이곳으로 오기 전 장제스 중화민국 주석과 대화를 나눴는데, 그들은 이곳의 이우 전하께서 제안한 작전을 실행하고 있고 이미 중화민국에서는 반격을 시작했다고 했습니다. 소규모 국지전으로는 그들의 후방으로 돌아가 식량을 불태우고 있고 중경과 화북을 중심으로는 대대적인 반격이 시작되었다니, 관동군도 우리에 대해 발 빠르게 대응하지는 못할 것입니다. 우리도 철저히 준비해 한반도로 진입할 일본군을 막아 내야 합니다. 그러기 위해선 여기 앉아 있는 모든 사람이 하나의 몸처럼 노력해야 하니 다들 한마음 한뜻이 되어 노력해 주셨으면 좋겠습니다."

김구 주석의 말을 듣고 각 지역의 치안 유지와 진군에 관한 회의를 짧게 하고 끝마쳤다.

다들 바쁜 사람들이었고 각자 맡은 일을 빠르게 처리해야 해서 긴 회의보다는 요점만 빠르게 주고받고 첫 대한국재건위원회 회의를 끝마쳤다.

5장

총독부로 돌아오고 나서 첫 회의가 빠르게 끝나자 경복궁을 나온 나의 첫 목적지는 종묘였다.

아직도 거리에는 많은 사람이 있었지만, 차가 이동하기에는 무리가 있을지도 모른다는 견해와는 다르게 국민의 협조로 길이 만들어졌기에 곧바로 종묘로 향했다.

"이 시기에 굳이 종묘까지 들러야 하는가?"

"이런 시기일수록 종묘에 들러 간단히라도 제를 지내는 것이 좋겠다는 게 모든 재건위원회 위원들의 의견입니다, 전하."

이젠 완벽히 내 비서 역할을 하는 최지헌이 내 질문에 대답했다.

나는 이런 식으로 시간을 보내는 것보다 전선에 도움이 될 만한 일을 하는 게 좋을 것으로 생각해 바로 업무에 들어가려고 했는데, 김구 위원장과 여운형 부위원장을 비롯한 모든 재건위원회 위원이 같은 뜻으로 말했기에 종묘로 향한 것이다.

　"정말 많은 사람이 나와 있군……."

　지금 백범과 몽양은 내 바로 뒤차에 탑승해 함께 이동하고 있었다.

　길거리에는 아까 모인 사람들이 조금도 줄어들지 않고 우리 차가 지나갈 때마다 환호와 함성을 질러 주었다.

　"대한 독립 만세!"

　"황제 폐하 만세!"

　한강 변에서부터 도착하고 계속 이어지던 함성은 내가 종묘로 들어가고 나서도 계속해서 들렸다.

　"저희는 이곳에서 기다리겠습니다, 전하."

　"아니요, 함께 들어가시죠. 선황 폐하를 존경하는 마음이 중요한 것입니다. 형식과 절차는 시와 때에 따라 얼마든 바뀔 수 있습니다."

　백범과 몽양은 몇 번을 더 망설였으나, 결국 내가 먼저 말해 버리고 들어가자 그들도 어쩔 수 없이 따라 들어왔다.

　이왕직의 직원은 없고, 제국익문사의 사람 몇 명만이 입구에서 우리를 기다리고 있었다.

"미처 예복을 준비하지 못해 송구합니다, 전하."

원래 종묘로 가기 위해서는 몇 가지 절차와 옷을 갈아입어야 했지만, 지금 이곳에 오는 것도 내키지 않았던 내게 그딴 건 중요하지 않았다.

"신경 쓰지 마세요. 심心이 중요한 것이지 형形은 중요하지 않아요."

당황해하는 요원에게 말하고, 안으로 들어갔다.

백범과 몽양도 내 뒤를 쭈뼛거리며 들어왔다.

안으로 들어가자 위폐가 있는 곳에 발이 내려져 있고, 문은 전부 열려 있었다.

원칙대로라면 태조의 위패부터 마지막 융희제의 위폐까지 모두 차례로 향을 피워야 했지만, 그런 것까지 모두 할 생각은 없었다.

종묘의 중앙에는 내가 지시한 대로 향을 피울 수 있는 향로가 놓여 있었다.

내는 먼저 그곳으로 다가갔다. 내가 가장 앞에서 서고, 백범과 몽양이 내 뒤에 섰다.

축문祝文 같은 것은 없이 간단하게 향을 피우고, 절을 두 번 하는 것으로 간소하게 예를 표했다.

제대로 된 형식이라면, 먼 곳을 다녀왔을 때는 유교의 형식에 따라 이른 새벽에 하는 신관례를 비롯해 모든 절차를 밟아야 한다.

그러면 오늘 하루가 다 지나가도 시간이 모자라는 제향을 해야 했지만, 지금은 내가 이런 식으로 줄여서 한다고 시비를 걸 유생도 없었고, 대한국재건위원회 위원들도 아예 오지 않으려다 온 것이라 간단히 한다고 뭐라 할 사람은 없었다.

"가시죠."

재배와 분향, 다시 재배만 간단히 하고 나오자 나를 따라왔던 백범과 몽양이 더 당황하며 따라 나왔다.

"······이렇게 간단히 하셔도 됩니까?"

두 사람 중 몽양이 먼저 내게 물어 왔다.

"나라가 이 꼴인데, 저기서 오래 있는 것도 웃음거리입니다. 이런 제사를 지내는 것으로 나라가 부강해졌다면, 제를 지내지도 않는 서양인과 유교 문화가 발달하지 않은 일본에 나라를 점령당할 일도 없었습니다. 예는 심이 중요한 것이지, 너무 지나치게 형에 신경을 쓰면 오히려 독이 될 것입니다."

"유생들이 싫어하겠군요."

내 대답에 백범이 미소 지으며, 덧붙여 말했다.

"지금 상황에도 격식만 중요시하는 유생이라면 어쩔 수 없습니다. 그리고 내가 알기로 유생 중에서도 일본에 부역하거나 신사의 네기禰宜 곤네기權禰 로 부역하는 사람도 있다더군요. 유교가 나쁜 것은 아니나, 그것에 너무 목을 매는 것도 좋지 않습니다. 그리고 논어의 술이편에도 자불어괴력난신子

不語怪力亂神이라 했습니다. 제사를 지낸다고 복이 오는 것도 아니고, 지내지 않는다고 흉이 오는 것도 아닙니다. 제사는 조상을 기억하고 추모하며 가족의 화목과 화합을 위한 일일 뿐입니다. 형에만 너무 치중한다면 안 될 일입니다."

두 사람은 황실의 사람인 내가 이런 말을 하는 게 충격이 었는지 아무런 대답도 없이 나를 따라왔다.

두 사람 모두 나의 뜻에 특별히 반대하는 기색은 보이지 않았다.

"파고다공원으로 가겠습니다, 전하."

차로 다가가자 최지헌이 내게 말했다.

원래는 백범과 몽양 두 사람은 이곳이 아닌 파고다공원(탑골공원)에서 나를 기다릴 예정이었지만, 내 뜻이 완고해 나를 따라 종묘로 향했던 것이다.

파고다공원에서는 우리 황실과 대한국재건위원회가 기미 독립운동의 뜻을 계승하고, 새로운 나라로 나아간다는 의식을 하기로 해 이미 간단한 위령제를 준비하고 있었다.

무당을 부르거나 승려를 불러서 하는 위령제와 다르게 간단한 형태로 준비되고 있었다.

특히 독립운동가 중에는 천주교와 미국의 개신교에 영향을 받은 사람도 많고, 사회주의 계열의 영향을 받은 사람도 많아서 특정 형식에 얽매이지 않고 종묘에서와 같이 분향과

재배만 하기로 했다.

"준비는 완료되었다고 하던가?"

"이미 전하께서 귀국하시는 때에 맞춰 계획되었고, 국민에게도 알려진 일이라, 차질 없이 준비하였습니다, 전하."

지금 내 차에는 무명과 최지헌, 배중손이 타고 있었다.

배중손이 상임통신원이기는 하나 최지헌이 중경에서부터 손발을 맞춰 와 여러 사람과 연락하는 비서 역할을 했고, 배중손은 운전 그리고 무명이 내 근접 경호를 담당했다.

다른 두 사람도 함께 경호하지만, 무명이 내 경호에 관련된 모든 것을 총괄했다.

내 근접 경호를 했던 시월이는 배중손의 빈자리를 메우기 위해 찬주가 있는 낙선재로 갔다.

차가 어디든 있는 학교의 정문과 같이 생긴, 네 개의 기둥이 있는 정문에 멈춰 서자, 무명이 먼저 내려 내 문 쪽으로 다가왔다.

광화문통에 있던 수만의 인파가 이곳에도 그대로 있었다.

그들은 파고다공원 정문부터 공원 안팎으로 가득 차 있었는데, 내가 차에서 내리자 아까부터 이어지던 만세 함성이 더욱 커졌다.

그들의 바로 옆에서 듣자 온몸에 닭살이 돋아나는 느낌이었다.

주변의 사람에게 손을 흔들어 함성에 대답해 주며 뒤를 힐

끗 보자 등 뒤에 백범과 몽양도 이런 나와 같은 느낌인지 약간 상기된 상태로 사람들에게 인사하고 있었다.

사람들이 만들어 준 길을 따라 파고다공원의 중앙으로 가자 팔각정이 있었는데, 그곳에 간단히 마련된 분향소와 신위가 있었다.

그 옆에는 몇 명의 제국익문사 요원이 팔각정을 지키고 있었다.

특별히 말은 하지 않았지만 내가 분향소에 다가가자 주위에서 이어지던 함성도 조금씩 잦아들기 시작했다.

이내 몇만이 모여 있는 곳이었지만, 멀리서 지나는 소달구지의 바퀴 소리가 들릴 정도로 조용해졌다.

'순국선열殉國先烈 신위神位.'

세로로 한글과 한문이 함께 적힌 신위는 기존의 양식과는 전혀 달라 유생이 봤으면 목덜미를 잡을 만했지만, 그 부분을 지적하는 사람은 없었다.

간단히 분향, 재배만 하기로 했기에 제를 지내는 집사의 축문도 없이 중앙으로 가서 조용하면서 정중하게 향을 피우고 절을 시작했다.

그러자 내 뒤에서 일제히 부스럭거리는 소리가 들렸다.

그 소리가 끝나기를 기다렸다 일어나니 내 시야의 끝까지 보이는 모든 사람이 일제히 절하고 있었다.

그들이 일어나기를 기다렸다 다시 천천히 절을 해서 재배를 마쳤다.

내가 선두에 서 있자 백범과 몽양이 차례로 앞으로 나서 분향했고, 그 뒤로 나와 함께 온 요원들도 분향했다.

무슨 말을 하거나 한 것도 아니었지만 짧은 시간의 예를 표하고 돌아서는데 나를 보고 있는 사람들의 눈에 슬픔과 회한이 보였다.

몇몇은 눈물을 흘리는 사람도 있었다.

내가 먼저 분향한 이후 우리가 돌아서자 일반인들도 차례로 분향하기 시작했다.

그런 그들을 뒤로하고 차에 올랐고, 내가 탄 차는 낙선재로 백범과 몽양이 탄 차는 총독부로 돌아갔다.

내 차가 창덕궁으로 향해 가다가 파고다공원이 시야에서 사라질 때쯤 만세 소리가 다시금 크게 들렸다.

᠁

낙선재는 과거 일본 헌병이 지키고 있었던 것과 다르게 지금은 미군복을 입고 있는 치안대가 지키고 있었다.

그들의 경례를 받으며 낙선재로 안으로 들어가자 경성사무소에서 테일러로 일하며 내 옷을 만들어 준 적이 있는 사람이 서 있었다.

"오랜만이네요."

"기억해 주셔서 감사합니다, 전하. 정식으로 인사드리겠습니다. 상임통신원이자 대한국재건위원회 산하 치안대의 치안대장 류건율입니다, 전하."

그에게 이름을 들었던 기억이 없었다.

그는 항상 사무소의 입구인 성심양복점을 지키는 역할이었고, 내가 사무소를 방문할 때에는 그와 통성명할 여유가 없었다.

그도 그 점을 잘 알고 있었는지, 웃으면서 자신을 소개했다.

"만들어 준 양복은 잘 입고 있어요."

때마침 그가 만들었던 양복을 입고 있어 웃으며 말했다.

"감사합니다, 전하."

"그런데 바쁠 텐데 무슨 일로 왔나요?"

누구보다 바쁠 치안대장이 지금 이곳에 있는 게 이상해서 물었다.

"치안대에 대해 드릴 말씀이 있어서입니다, 전하."

그에게 딱히 직접 보고받을 이유는 없어 고개를 갸웃했다.

제국익문사 소속이지만 지금의 그는 엄연히 위원회 산하의 치안대장이었고, 치안대의 문제는 내게 보고할 게 아니라 위원회에 보고해야 했다.

"일단 안으로 들어오세요."

내 말에 배중손이 근처의 작은 정자로 안내했고, 무명 상임만 내 옆에 서고 다른 사람들은 대화할 수 있게 일정 거리를 띄웠다.

"치안대에 대한 일이라면 위원회와 대화하면 될 것인데 왜 나를 찾아왔나요?"

"치안대를 결성하기 위해 제국익문사와 지하동맹에서 일부 인원을 차출하기는 했으나, 인원 부족으로 아직 제대로 된 치안 유지 활동은 시작조차 못 하고 있습니다. 특히 제가 이런 일보다는 정보 수집 활동을 오래 해 왔습니다. 그래서 제가 아닌 다른 적임자에게 치안대장직을 이양하여 주시길 청하기 위해 찾아왔습니다, 전하."

그의 말을 들어도 그가 나를 찾아온 이유를 잘 이해할 수 없었다.

"그런 일이라면 더욱이 위원회를 찾아가야 할 것인데 왜 나를 찾아온 것인가요?"

내 말을 들은 류건율은 아주 조심스럽게 말을 시작했다.

"……치안대는 경성의 치안을 담당하는 아주 중요한 자리입니다. 밀정이 아니라는 검증 절차도 필요한 부분인데, 제가 그만두게 되면 여운형과 김구 양쪽 측근들이 자신의 사람에게 주기 위해 노력할 것입니다. 그런 싸움이 일어나게 되면 지금의 위원회에 전혀 도움이 되지 않을 것입니다. 그래서 전하께서 중심에서 중재해 주시길 바랍니다, 전하."

그의 말이 틀린 것은 없었지만 씁쓸했다.

지금 경성을 점령한 것은 언제까지 이어질지 모르는 살얼음판 위를 걷고 있는 일과 진배없었다.

그런데 치안대장이라는 자리 하나를 놓고도 내부적으로 다툼이 일어날 것을 걱정하는 정도라면, 하나로 뭉쳐도 쉽지 않은 지금 상황에선 최악의 이야기였다.

"독리와 대화는 해 보았나요?"

"독리께 말씀드렸으나 후임자가 없다는 것에 고민하셨습니다. 그래서 양쪽의 세력을 모두 알고 있는 전하께서 결정해 주셨으면 좋겠다는 게 독리의 의견입니다, 전하."

양쪽 세력을 다 알고 있는 것은 맞았지만, 모든 인물을 파악하고 있는 건 아니었다.

그의 요청을 듣고 한참을 고민해도 그의 후임자는 마땅치 않았다.

"정보를 수집하는 일이라면 남들을 살펴보는 일이었겠군요."

결국 적임자를 찾지 못하면 그가 계속해서 그 자리에 있어 줘야 했다.

그의 말대로 내가 권력을 추구하는 것은 아니었지만, 믿지 못하는 사람에게 치안대장직을 맡겨 놓을 수는 없었다.

"그렇습니다, 전하."

"나는 독리의 혜안을 믿습니다. 그가 경성에 있는 요원 중 류건율 상임을 선택했다면 그만한 이유가 있었겠지요. 치안대장 자리는 부하를 이끄는 지도력도 필요하겠지만, 류건율 상임이 지금까지 해 온 것처럼 사람을 관찰하는 일과도 일맥상통한다고 생각해요. 저 역시 양쪽에 적임자가 있는지 확신하지 못하는 지금 류건율 상임이 치안대장직을 내려놓는 것은 급박한 우리의 상황에 도움이 되지 않을 것 같네요. 미안하지만, 나도 후임자를 찾아보겠으나 지금 당장은 류건율 상임이 치안대장에서 열심히 일해 주었으면 좋겠어요."

그는 자신이 원하는 대답을 듣지 못해서인지 별다른 반응은 보이지 않고 있었다.

하지만 그것도 잠시 다시 웃으면서 대답했다.

"제가 괜히 전하의 머리를 어지럽힌 것 같습니다. 전하의 뜻대로 치안대장으로서 한 몸을 바쳐 일하도록 하겠습니다, 전하."

자신의 뜻을 이루지 못해서인지 목소리에 힘이 약간 빠진 느낌이었으나, 그래도 그는 밝은 표정을 유지하고 있었다.

류건율이 내게 먼저 인사하고 일어났지만, 그가 한 말 때문에 내 마음은 더욱 어지러워졌다.

치안대장 한 자리의 문제가 아니었다. 만약 그의 우려대로 위원회 내부에서 알력다툼이 일어나면, 지금의 상황보다 훨씬 더 위험해질 것은 당연했다.

류건율 치안대장과의 대화를 마치고, 낙선재로 들어가니

찬주와 순정효황후 그리고 아이들이 나를 기다리고 있었다.

"아버지!"

문이 열리고 나를 발견한 이청이 뛰어와 내게 안겼다.

"그래, 아버지가 없는 동안 어머니랑 동생을 잘 지키고 있었어?"

"네! 무서웠지만 그래도 당당히 어머니와 수련이를 지켰어요!"

내 칭찬을 바라는 듯 아이는 내게 약간의 칭얼거림과 함께 웃으며 대답했다.

"그래, 이 아버지는 청이가 자랑스럽구나."

이청의 머리를 쓰다듬어 주면서 칭찬해 주자 배시시 웃으며 좋아했다.

그런 청이를 안은 채로 순정효황후에게 인사했다.

예법에는 어긋나지만, 청이가 내려가려 하지 않았고 순정효황후가 인자하게 웃어 주어 그대로 인사했다.

"다녀왔습니다, 마마."

"잘 돌아오셨어요. 고생하셨어요."

긴말은 아니었지만, 짧게 주고받은 대화로 모든 것을 알 수 있었다.

길다면 길고 짧다면 짧은 시간이었지만, 순정효황후는 마음고생이 심했는지 떠날 때와 비교해 엄청나게 늙어 있었다.

"다녀왔어."

"잘 돌아오셨어요."

찬주와의 인사까지 마치고 수련이가 보이지 않아 보니 찬주의 치마 뒤에서 치맛자락을 잡고, 나를 힐끔힐끔 쳐다보고 있었다.

"수련도 잘 지냈어?"

이제 겨우 일어나고 단어만 말하던 수련이가 내가 중경을 다녀온 사이 많이 커 있었다.

이제는 말도 할 수 있었다. 하지만 내가 낯선 것인지 찬주의 치맛자락을 당기며 찬주에게 말했다.

"엄마, 이 아저찌 누구야?"

수련이가 내 가슴에 비수를 꽂아 넣은 뒤에는 저녁까지 낙선재에 머물며 가족과 잠시 단란한 시간을 보냈다.

긴 시간을 할애할 수는 없어 해가 지자 아이들과 찬주와 헤어져 총독부로 돌아왔다.

아직 경복궁에서 생활하기에는 여러 시설과 그 시설을 운영할 인원이 부족했고, 운현궁도 이번 수복 작전 중에 사망하거나 도망간 하인들이 많았다.

그래서 가족들은 낙선재에서 지내고 나는 내 의견에 따라 총독부의 비어 있는 사무실 중 하나에 야전침대를 놓고 생활하기로 했다.

수도 시설까지 되어 있어 여러 사람의 도움이 없이도 생활할 수 있어 총독부에서 지내기로 했다.

"2사단과 미국군이 평양 근교에 도착했다는 보고입니다. 내일 새벽 동이 트는 시점을 작전 시점으로 전투 대기에 들어갔습니다."

총독부로 돌아오자 2층의 대회의실에서 위원회가 회의를 하고 있었다.

내 사무실과 침실은 3층에 있었으나 2층 대회의실로 갔다.

"오셨습니까?"

문을 열고 들어가자 상석에 앉아 있던 김구 위원장이 나를 반겼다.

"네, 벌써 회의를 주관하고 계셨습니까?"

"일단 급한 일부터 처리하기 위해 부위원장님과 함께 현황 파악을 하고 있었습니다, 전하."

대회의실에는 김구 위원장이 앉은 의자 뒤로 태극기와 성조기가 놓여 있었고, 그 앞에는 미군에서 온 장교 몇 명과 몽양, 독리를 비롯해 여러 사람이 앉아 들어오는 정보를 듣고 있었다.

독리는 공식적으로는 내 비서실장이라는 직함으로 이 회의에 참석해 있었다.

"지금까지의 회의 내용입니다, 전하."

내가 들어오자 김구 위원장은 내게 자리를 양보했고, 내가 상석에 앉자 말석에 앉아 회의를 참관하고 있던 독리가 여러 장의 종이를 가져다 내게 주었다.

"일단 하던 이야기를 계속 진행합시다."

내가 상석에 앉자 여운형 부위원장을 비롯해 모두 자리가 한 칸씩 밀렸다.

김구 위원장이 자리에 앉자 다시 회의가 진행되었다. 그 회의를 들으며, 종이에 정리된 회의 내용도 살펴보았다.

미 해군의 해병대가 홋카이도를 확보하고 삿포로도 함락시킴. 하지만 동해의 제해권은…….

문서의 첫 시작부터 좋은 이야기와 나쁜 이야기가 함께 쓰여 있었다.

문서를 대충 살펴보고 회의에 집중했다.

"미한 연합군 지휘부는 평양을 목전에 두고 함께 진격 중입니다. 최종적으로 사령부는 경성에 머물 예정이지만, 일단 평양의 방어선은 직접 설정하겠다는 제임스 알렉산더 연합군 사령관과 지청천 대한군 사령관의 공통된 의견이므로 이에 따라 지휘부도 평양으로 함께 출발했습니다. 이상 방어 전선 구축에 관한 보고를 마치겠습니다."

미군 장교가 통역의 도움을 받아 지금까지 상황을 보고하고 있었다.

"전선 형성은 차질 없이 되고 있으니 다행이네요. 이전에 라남 전선은 오늘 전투에 들어갔다고 들었는데 벌써 끝났나?"

보고를 마친 미군 장교에게 질문했다.

독리가 정리해 넘겨준 이전 회의 내용 중에 눈에 띈 것이 오전에 전투에 들어간 라남의 19사단을 무장해제를 시켰다는 점이었다.

"그렇습니다. 오늘 라남으로 진격한 대한군 1사단이 소련 군과 협력해 전투에 들어갔습니다. 미국은 후방에서 포로 지원했습니다. 포병이 배치되어 있다는 기존의 보고와는 다르게 전투가 시작되고 포병의 지원을 받지 못한 19사단 은 병력의 차이를 극복하지 못하고 점령당했습니다. 특히 병사 중 대다수를 차지하는 대한인이 일본군 장교의 명령 을 거부하고, 내부 반란이 일어나 더욱 빠르게 점령할 수 있었습니다."

"포병이 배치되어 있지 않았다고? 이상하군?"

내가 직접 포병을 훈련해 보낸 적 있는 곳이 라남이었는데, 이상해 되물었다.

그러자 원탁이 아닌 벽 쪽에 있는 의자에 앉아 있던 독리가 일어나 내 질문에 대답했다.

"제가 보고를 드렸던 부분인데, 제국익문사 요원들의 노력으로 일본군 포병을 무력화시켰습니다."

독리의 말에 대답하려던 장교도 통역을 통해 그 말을 전해 듣고 있었고, 사무실의 모든 사람이 그의 말에 집중했다.

"공작?"

"일전에 교육하셨던 최정훈 병사를 통해 그가 라남에 배치된 직후부터 포병 내의 대한인을 규합했습니다. 이후 작전이 일어나기 전 전달한 폭탄을 이용해 예정된 교전 전에 장거리 포를 대부분 무력화시켰습니다. 그리고 그들은 교전이 시작되고 얼마 지나지 않아 많은 숫자의 대한인을 데리고 우리 쪽으로 투항했습니다, 전하."

"아, 그게 그렇게 된 사건이었습니까? 우리는 우리 조사가 잘못되었다고 생각하고 있었습니다."

포병의 지원이 없었던 이유에 대해 전해 들은 미군 장교는 감탄했다.

그제야 경성사무소에서 보고했던 일본군 내 대한인 규합에 관한 계획서와 보고서가 떠올랐다.

워낙 많은 지역에서 강제 징집된 대한인의 규합에 관한 보고서가 있어서 라남도 있었다는 것을 금방 떠올리지 못했었다.

"그럼 라남은 이제 완전히 점령한 것인가?"

"그렇습니다."

"그럼 라남을 시작으로 우리의 전선 목표를 하나씩 이루어 나가면 되겠네. 그리고 소련에 대한 보고는 없던데, 그 부분도 알고 있는 대로 보고해 주게."

서류를 살펴보고 있었지만, 소련군에 대한 내용이 없어 미군 장교에게 물었다.

"일단 관동군의 소련 방면 국경 수비대가 소련군과 교전이 몇 번 있기는 했으나, 관동군이 본격적인 군사 행동은 나서지 않는 상황이라 소련군은 자신들의 위치만 지키고 있는 상황입니다. 애초의 약속대로라면 기존의 극동 전선의 사단을 제외하고 추가 사단이 파견되어야 하지만, 더 많은 병력을 파견하지 않은 상태에서 극동 사단의 일부가 사할린을 점령하고 라남으로 진격한 것으로 확인되었습니다."

"이건 조약과 다르지 않나? 분명 동부전선의 정예군 중 일부를 관동군과의 교전을 위해 돌려주기로 했던 것으로 기억하는데."

처음 이 작전을 수립하고 나서 미군에게 전해 들은 조건에 소련군이 사할린을 점령하고 관동군과 함께 싸워 줄 동부전선의 정예군을 극동 전선으로 돌려 배치해 준다는 것도 있었다.

"그 부분에 관해 확인했는데, 잠깐이었지만 독일군이 레닌그라드로 진입해 레닌그라드의 중앙 청사가 점령당하는 일이 벌어졌습니다. 물론 그다음 날 극동으로 오기 위해 준비하던 사단과 레닌그라드에서 숨어 있던 붉은 군대가 협력해 재탈환하기는 했습니다. 이 여파로 소련 남쪽의 전선 중 일부가 후퇴했고, 소련으로부터 일본과의 교전에 극동군만 지원 가능하다는 회신을 받았습니다."

중경에서 보고받았던 것 중에 레닌그라드가 점령당했다는 말을 들었을 때, '혹시……?'라는 생각도 했다가 머리에서 지워 버렸는데, 그 여파가 우리에게까지 미쳤다.

아직 소련에는 미국에서 가져온 식량이 남아 있고, 소련의 입장에서는 극동보다는 자신들의 턱밑에 있는 레닌그라드가 더욱 중요할 수밖에 없었다.

"극동군이라도 지원해 준다는 것에 감사해야 할지, 원……. 그럼 우리 작전에 차질이 생기는 것이 아닌가? 미군만으로는 관동군을 막기에 역부족일 텐데."

내 말에 회의실에 앉아 있는 모든 사람의 분위기가 심각해졌고, 누구도 말을 꺼내지 않고 조용히 있었다.

"하지만 중앙아시아에 위치한 방위군과 포 3천 문을 지원하기로 했고, 블라디보스토크 방향으로 이동 중에 있습니다. 우리의 병력만으로는 관동군을 막아 내기에 무리가 있지만, 연합군 육군 사령관께서는 중국 전선에서도 대대적인 반격을 하고 있어 전선의 군을 빼지 못하고 관동군의 일부만 우리 쪽으로 진격하면 충분히 막아 낼 수 있다고 판단했습니다. 특히 극동군도 지금은 전선을 유지하고 있지만, 만약 관동군의 병력이 대한국을 치기 위해 소련과 국경에서 후방으로 이동하면 곧바로 국경을 넘기로 약속했습니다. 이미 극동군이 소련과 만주국의 국경으로 집결하는 상황이라 관동군이 마음 놓고 한반도에 병력을 집중하지 못할 것입니다."

"제발 그랬으면 좋겠군."

"변동 사항이 발생할 때마다 보고드리겠습니다."

미군 장교의 보고가 끝나자 백범이 독리를 바라봤고, 그가 중앙으로 걸어 나와 손에 쥔 보고서를 바라봤다.

"회의 시작 전에 제국익문사에서 보고할 것이 있다고 했습니다, 전하."

내가 조금은 의아한 눈으로 백범과 독리를 바라보자 백범이 내게 말했다.

그의 말을 듣고 고개를 끄덕이자 곧바로 독리가 목소리를 가다듬고 보고를 시작했다.

"흠흠, 보고드리겠습니다. 우리 제국익문사는 미국 OSS와 협력하여 아시아 전역에 걸쳐 민족 독립운동가들과 접촉했고, 베트남독립동맹, 이하 월맹이라 하겠습니다. 월맹의 호찌민과 태국의 쁠랙 피분 송크람 정부에 대항하는 자유 태국 정부의 쏨락친, 보르네오 섬의 젊은 지도자인 툰 압둘 후세인 그리고 필리핀의 젊은 지도자 페르디난드 마르코스까지 네 개 지역에 중화민국과 미국이 직접 지원하고, 각 민족의 지도자는 봉기해 대일 전선을 형성하기로 약속했습니다. 특히 호찌민은 중화민국에서 사상범으로 복역 중이었으나, 이 곳의 김구 위원장과 제국익문사 중경사무소, OSS의 동아시아 책임자의 노력으로 석방 후 대일 전선 형성을 약속하고, 까오방 성高平省으로 돌아갔습니다. 네 명의 지도자 역시 우리의 이번 작전 성공에 고무되어 자신의 나라에서도 가능할 것이라는 희망을 품고 본격적으로 움직이고 있습니다. 특히 호치민과 쏨락친은 각각 베트남의 북부 까오방 성과 태국의 북부 치앙라이เมืองเชียงราย를 각각 거점으로 잡고, 봉기 준비에 들어갔습니다. OSS의 활약으로 이미 우리의 작전과 발맞추어 작전 준비에 들어갔고, 호찌민은 까오방 성을 거점으로 하노이의 일본군과 비시 프랑스군에 대항해 식량을 불태우거나 보급품을 탈취하는 작전을 전개하기 시작했습니다. 그리고 쏨락친은 일주일 이내에 치앙라이에서 시작해 북부 거점 도시인 치앙마이เชียงใหม่까지 점령해 자유 태국의 거점으로 삼아 버마의 일본군을 고립시키고, 피분 송크람 정부가 함부로 일본군을 지원하지 못하게 막을 예정입니다. 보르네오 섬의 툰 압둘 후세인과 필리핀의 페르디난드 마르코스는 직접적인 미국과 중화민국의 지원을 받기가 힘들어 아직 소규모의 비정규군 수준에 머무르고 있으나, 그들도 우리의 작전에 동참해 일본군의 보급품과 군량미를 강탈하고 있습니다."

보고 중간중간 숨을 쉬어 가며 보고하던 독리의 보고가 끝났다.

시작에는 제국익문사와 OSS의 협력이라고 말했지만, 그의 말에 따르면 딱히 우리의 힘보다는 미국의 힘이 강했다고 느껴졌다.

장기적으로는 우리 군에게 좋은 소식이지만, 당장에 효과적인 일은 아니었다. 그래서 물어보려고 했는데, 독리가 보고서를 요원에게 넘겨주고 다른 보고서를 받았다.

조금 기다리자 다시 독리가 보고를 시작했다.

"이상은 동남아시아의 전황에 대한 보고였습니다. 이 부분은 기밀에 해당하는 사항이므로 비밀을 지켜 주시기 바랍니다. 그리고 이제부터 관동군에 관한 보고를 시작하겠습니다."

전의 보고서와 거의 비슷한 두께의 종이를 한 손에 든 독리의 입으로 모든 회의 참석자의 눈이 쏠렸다.

"현재 관동군의 주요 병력은 '대륙타통작전'이라고 일본 내부적으로 불리는 작전을 수행하기 위해 중국 내륙의 철도선을 중심으로 집중되어 있습니다. 특히 지난번 시안 전투에서 패배한 일본군 중국 방면군은 이번 작전에 사활을 걸었고, 만주국에 주둔하던 관동군 중 화북의 중국공산당을 견제하는 일부 병력을 제외하고 전부 베이핑을 비롯한 정저우, 안양 지역으로 이동한 상황이었습니다. 그 때문에 한반도 안에 있던 병력도 대부분 그 지역으로 이동해 이번 작전이 비교적 쉽게 성공할 수 있었습니다. 이 때문에 지금 만주국에는 자신들의 국경 수비를 할 수 있는 병력을 제외하고는 마땅한 병력이 없는 상황입니다. 일부 사단이 남아 있다고 전해지기는 하나, 언제쯤 한반도로 진격해 올지는 연합국과 OSS, 제국익문사 모두 확신하지 못하는 상황입니다."

"그 부분은 다행입니다."

독리의 긴 보고가 이어질 때 백범이 감탄사 비슷하게 독리의 보고에 호응해 주었다.

"그렇습니다. 일단 공통된 의견인데, 관동군이 한 달 이내에 빠르게 움직이기는 힘들 것으로 생각하고 있습니다. 그래서 지금 평양의 방어선을 구축하고 있는 연합군도 야포는 인천과 평양, 군산 세 곳으로 나눠 해안 방어선 구축을 목표로 준비하고 있습니다. 마지막으로 지금까지 확인된 관동군의 군량미 보급 창고에 대한 자료입니다. 지금 우리 요원 중 일부가 활동하며 때를 맞춰 방화하거나, 이동 열차를 폭파하는 방식으로 군량미의 제대로 된 보급이 이루어지지 않게 노력할 예정입니다. 지금 경성 탈환 작전이 성공했다는 게 중국에 알려지고 나서 중국공산당도 주력 병력이 움직인다는 첩보는 없으나, 소규모 부대가 움직여 보급품을 탈취하거나 중규모의 부대가 국지전 형태로 움직이고 있어 전투가 이전보다 훨씬 활발히 지속적으로 이루어지는 상황입니다."

이전의 보고서와 비슷한 두께여서 관동군에 대한 보고도 길어질 것으로 생각했는데 보고는 금방 끝났고, 독리는 자신의 손에 들려 있던 두꺼운 종이를 나눠 주었다.

"이 서류는 비밀 유지를 위해 반출은 되지 않습니다. 확인하신 다음 자리에 놓아주시면 다시 수거하겠습니다. 다시 한 번 알려 드리지만, 지금 여기서 이루어지는 회의 내용은 모두 기밀 사항입니다. 관계자 외에는 기밀을 유지하여 주시기 바랍니다. 이상 보고를 마치겠습니다."

독리의 보고가 끝나고 그다음 치안대장을 맡은 류건율과 일부 위원들의 보고와 작전에 관한 토론을 마친 뒤 회의를 끝마치려 할 때, 회의 내내 별다른 의견을 제시하지 않던 위원 한 명이 조심스럽게 말했다.

"회의를 끝마치기 전에 한 가지 제안해도 괜찮겠습니까?"

"네, 말씀하세요."

내가 아직 자리에서 일어나지 않고, 서류를 챙기고 있어서 바로 그 위원의 말에 대답했다.

그는 지하동맹에서 활동했던 사람으로 박 사장, 조선상인 연합회 부회장이자, 대한국재건위원회에서 경제위원을 맡은 박영규 사장이었다.

위원들은 각자의 전문 분야에 따라 나뉘어 있었는데, 지하동맹과 임시정부, 제국익문사가 거의 동등하게 나뉘어 있었다.

특히 자금 조달에 관련된 것은 지하동맹의 사람들이 주를 이뤘다.

내 허락이 떨어지자 그는 조심스럽게 자리에서 일어났다.

"우리 지하동맹과 임시정부가 대한국재건위원회라는 이름으로 탈바꿈되고 하나로 합쳐진 만큼, 이 건물의 명칭도 언제까지 총독부라고 부를 수는 없다고 생각합니다. 그래서 다른 명칭으로 부르는 것이 좋지 않을까 합니다."

그의 말에 자리에 참석해 있던 모든 위원의 머리가 끄덕여지며 동조했다.

나 역시 그의 말에 동의했고 바로 물었다.

"좋은 말이네요. 괜찮은 명칭이 있나요?"

어차피 건물의 이름이었고, 딱히 생각한 이름도 없어 다른 사람들에게 물었다.

그러자 조그만 목소리로 옆 사람과 의견을 주고받았고, 이내 몽양이 말했다.

"대한국재건위원회의 회의 장소와 업무 장소이니, 위원회관으로 하시는 것이 어떻습니까? 특별히 명칭에 뜻을 부여할 필요도 없고 후에 위원회가 바뀌면 정식 명칭을 변경하면 되니, 지금은 간단히 부르면 될 것 같은데 어떠십니까, 전하?"

몽양은 마지막으로 나를 보면서 말했고, 나는 그의 뜻에 동의했기에 위원회의 다른 축인 백범을 보았다.

"부위원장의 의견이 좋은 것 같습니다, 전하."

"그럼 거수를 해서 결정합시다. 위원회관으로 변경하는 데 동의하시는 분?"

딱히 의견이 없는 미군을 제외하고는 만장일치로 위원회관으로 변경하는 데 동의했고, 위원회관이라는 명칭으로 변경되었다.

6장

　회의를 마치고 백범과 몽양, 나는 각자의 방으로 돌아갔
다.

　3층에 위치한 작은 사무실 세 개에 야전침대와 책상을 놓
고 사무실로 사용하기로 했는데, 내가 운현궁이나 낙선재로
돌아가지 않는다는 말을 들은 두 사람도 이곳에서 생활하기
로 했다.

　사무실은 원래는 정무총감이 사용하던 곳이었는지 명패에
는 정무총감실이라고 적혀 있었다.

　사무실 안에는 기존에 놓여 있던 것에서 야전침대만 하나
더 놓았다.

　그리고 사무실에 딸린 화장실이 있어 그곳에서 씻는 것까

지 가능해서 생활하기에는 불편함이 없어 보였다.

사무실로 들어가자 독리가 나를 따라 들어와서 보고서 하나를 내려놓았다.

"무슨 일인가요?"

이미 수 시간에 걸친 회의에서 다 보고를 받아 특별히 보고받을 것이 떠오르지 않아 사무실의 소파에 앉으며 물었다.

"지금 만주국과 중국의 일본 점령지에서 진행하고 있는 화마火魔 작전에 대한 보고서입니다. 우리 사의 요원 중 이번 작전에 참가하지 않은 요원들이 중국의 일본 점령 지역 곳곳으로 침투했고, 만주의 들판과 중국의 곳곳에 불을 놓아 관동군의 병력이 화재 진압에 투입되도록 유도하며, 군량미로 쓰일 수 있는 부분을 견제하고 있습니다. 지금까지 20여 곳에 작전을 실행했고, 이 자료에 나와 있는 대로 군량미를 전소시켰습니다, 전하."

회의에서는 언급하지 않은 비밀리에 진행 중인 작전이었다.

작전명 '화마'.

이 내용을 알고 있는 사람은 직접 작전을 수행하는 요원들을 제외하면 제국익문사 내에서도 독리와 나, 심재원 세 명뿐이었다.

제국익문사의 요원들은 접근이 불가능한 곳은 산 너머에서부터 불을 피워 산 하나를 불이 넘어가도록 유도할 정도로 곳곳에서 화공을 쓰고 있었다.

이 화마 작전은 일본군의 군량미도 피해를 받겠지만, 일반 중국의 국민도 엄청난 피해를 보는 작전이었다.

결국 엄청난 기아를 초래하고 엄청난 양의 중국 산림을 불 태우는 작전이라, 만약 알려지게 되면 어떤 비난을 받을지 몰랐다.

"잘 진행되고 있네요."

"그렇습니다. 그런데 이 작전을 수행하다 입수한 정보인데, 일본군 주둔지 곳곳에서 대규모 학살이 일어나고 있습니다. 우리가 거사를 일으키고 일본군이 이것을 인지한 직후부터 일어난 일인데, 목격자에 의하면 일본군 군복을 입은 군인을 구덩이에 몰아넣고, 총살하거나 불을 지르는 등 대규모로 학살을 진행하고 있답니다. 처음 발견했을 때에는 군법을 어긴 군인에 대한 처벌로 생각했는데, 계속해서 올라오는 보고에 따르면 각 지역에서 동시다발적으로 일어나는 것 같습니다. 미루어 보아 대본영에서 직접 지시가 내려간 것으로 추측하고 있습니다. 아까 회의에서는 공개할 만한 이야기가 아닌 것 같아 지금 따로 보고드리는 것입니다, 전하."

이미 어느 정도 예상했던 부분이기는 했지만, 충격적일 수밖에 없었다.

그리고 대책이 없다는 것에 더 자괴감이 들었다.

자신들이 징집한 병사지만, 대한인이라는 이유로 학살당

하고 있었다.

"간도참변과 같은 양상이네요. 생각은 했었지만……. 대책은 어떻게 세우고 있나요?"

"……마땅한 대책이 없습니다. 단지 그들이 자발적으로 탈영해 중화민국을 비롯한 연합군 쪽으로 투항하도록 독려하는 것 말고는 마땅히 대책이 없습니다, 전하."

"지금 활동 중인 요원들이 그들과 접촉할 방법은 없겠지요?"

"지금 하는 활동을 모두 중지하고 집중하면 조금은 가능할지도 모르나, 그리 확실한 방법은 아닙니다. 특히 그들은 야전의 군부대에서 생활하는 군인이라 접촉 자체가 쉽지 않습니다, 전하."

"지금 하고 있는 작전과 그들의 구출을 비교했을 때 우리에게 이익이 되는 일은 지금 하는 작전을 지속하는 것이라고 들리네요."

"……냉정히 말하자면 그렇습니다, 전하."

지금까지 몇 번 안 되었지만, 내가 감정적으로 결정을 한 것이 몇 개 있었다. 특히 대한인에 관한 사항에서 그런 부분이 도드라져 보였다.

"알겠습니다. 지금 활동 중인 요원들에게는 지금까지 해 왔던 작전에 매진하고, 해당 부분은 정보 수집을 하는 정도만 유지하라고 해 주세요. 물론 기회가 되면 그들의 탈출에 도움을 주는 것도 기존의 작전과 크게 다르지 않으니 그대로 시행하세요."

"알겠습니다, 전하."

독리는 내 대답에 잠시 망설이더니 대답했다.

그가 별말은 하지 않았지만, 내가 스스로 양심에 가책을 느끼는 기분이었다.

누구는 구해 주고, 누구는 구해 주지 않는다.

내가 그들을 구출하기 위해 대한군을 동원해 구출 작전을 전개하면, 이뤄 놓은 모든 권력을 내려놓아야 하는 상황이니 구출하지 않는다.

독리는 대답 이후에 밖으로 나갔지만, 마치 그가 나에게 이렇게 힐난하는 느낌이었다.

순전히 내가 느끼는 느낌일 뿐이었고, 독리는 아무런 말도 하지 않았다.

사실은 이것이었지만 모두 나가고 혼자 남은 사무실에서 내가 한 결정이 맞는지에 대해 고뇌에 빠졌다.

잠들지 못하고 새벽까지 야전침대에 누워 고민하고 있을 때, 밖에 문을 두드리는 소리가 났다.

"네."

"최지현입니다, 전하."

"들어오게."

내 대답에 한 뭉치의 종이를 들고 들어온 최지헌이 급히 그 종이 뭉치를 내게 주며 대답했다.

"전하, 연합군 총사령관인 체스터 제독의 전보입니다, 전하."

"무슨 내용이던가?"

방 안의 불을 모두 끄고 있었기에 눈이 빛에 적응하지 못해 서류의 글자가 안 보였기에 최지헌에게 물었다.

"동해상으로 진출했던 함대는 초계 임무를 하던 잠수함이 나가사키에서 출항한 초대형 전함을 발견해 그에 대응하기 위해 태평양으로 선회했다는 정보입니다, 전하."

"무사시는 침몰하지 않았나?"

초대형 전함이었던 무사시는 태평양의 항구에 정박해 있다가 초계 업무를 하던 잠수함에 걸렸고, 피격 후 대양에서 있었던 교전에서 완전히 침몰했었다.

그런데 또다시 초대형이라고 불리는 전함이 발견된 것이다.

"태평양 교전 중 침몰했는데, 그와 비슷한 급의 전함을 한 척 더 확인했습니다. 지금은 초계 임무를 수행하는 잠수함을 제외하면, 이소로쿠가 이끄는 함대가 일본으로 돌아오거나 호주에 진출할 경우 견제하기 위해 모두 남태평양에 가 있는 상황이라 발견이 늦었습니다. 다행히 미 해병대는 삿포로를 점령한 이후 아직 본토로 진출하지 않았던 상황이라, 지금 홋카이도를 방어선으로 하는 진지 구축에 들어갔습니다, 전하."

최지헌의 보고를 들으면서 야전침대에 앉아 그가 건넨 서류를 확인하니 그의 보고가 다 들어 있었다.

좁은 동해에서보다는 넓은 대양에서 항공모함을 위주로 하는 전투를 할 계획으로, 초대형 전함을 끌어 들이고 있었다.

"동해의 제해권은 다 날아갔군. 그럼 본토 직격 시나리오는 어떻게 되는가?"

동해의 제해권이 날아가면 원산의 방어는 차치하더라도, 보급에서 문제가 생긴다.

지금은 미리 준비했던 선단이 원산으로 1차 보급을 하고 돌아갔으나, 2차 보급을 위해 재진입할 수 있을지 알 수 없었다.

"그 부분에 대해서는 아직 확인하지 못했습니다. 관계 위원 회의를 위원이 도착하는 대로 시작할 예정입니다. 미군 장교와 위원장과 부위원장은 지금 대회의실에 모여 있습니다, 전하."

"알겠네."

침대에 누워 생각한다고, 옷도 갈아입지 않은 상황이라 눌린 머리만 대충 정리했다.

그렇게 사무실을 나가기 전 시계를 보니 새벽 3시가 다 되어 가는 시간이었다.

늦은 시간이었지만, 총독부 몇 개 사무실에서 업무를 보고 있는 대한인들이 눈에 들어왔다.

류건율 치안대장도 자신의 사무실에서 산같이 쌓인 서류를 열심히 살펴보고 있었다.

그런 그들을 지나 대회의실에 도착하자 몽양과 백범 역시 자다가 나온 것인지 초췌한 얼굴로 앉아 미군의 통역을 담당하는 제국익문사 요원과 대화를 나누고 있었다.

"오셨습니까, 전하."

두 사람은 문을 열고 들어오는 나를 발견하고, 한목소리로 인사했다.

"이 새벽에 큰일이 터졌습니다. 지금 보급 상황에 대해 더 들어온 것이 있습니까?"

내 질문에 백범이 서류를 살펴보며 대답했다.

"전하께 전해 드린 서류 외에는 동해 제해권을 확보하지 못했을 때 보급에 대한 2차 작전에 대한 것이 전부입니다. 처음 수립했던 계획대로 동해를 확보하지 못할 경우 사할린과 점령한 홋카이도, 블라디보스토크에 이르는 항로를 확보할 예정입니다, 전하."

"캄차카의 육군 항공대 전투기는 출격했나요?"

백범의 대답을 듣고 자리에 도착해 있는 미군 연락장교에게 물었다.

작전을 수립할 때에는 해군의 싸움에서 완벽히 이긴다는 보장은 없었고, 도박적인 작전인 만큼 연합군 사령관인 체스터 제독은 육군 항공대의 지원을 받을 수 있게 요청했다.

그래서 미 본토에서부터 알류샨열도를 거쳐 캄차카반도에 급히 건설한 비행장에 대기 중이었다.

"출격했습니다. 블라디보스토크로 이동해 비행장에서 보급과 무장을 마친 후 전투에 투입될 예정입니다."

되도록 숨겨 놓은 전력으로 남겨 놓았다가 일본 해군 본함대가 돌아오면 출동할 예정이었지만, 본토에 우리가 알지 못하고 숨겨져 있던 전함의 출현으로 항로 확보를 위한 후속 작전에 돌입했다.

항속거리가 최대치로 해도 캄차카반도에서 삿포로까지 오가며 전투는 불가능해 캄차카반도의 임시 비행장은 경유지일 뿐이었고, 보급과 전투준비는 블라디보스토크에서 해결을 해야 했다.

"블라디보스토크의 준비는 마쳤나요?"

"첫 보급을 많이 했으니, 한동안은 걱정이 없을 것입니다. 연합군 기함의 체스터 제독에게서 온 통신문입니다."

문을 열고 들어온 미군 병사가 통신문을 넘겨주었고, 그 통신문을 연락장교가 내게 넘겨주었다.

동해 제해권 확보 실패. 보급은 베타 작전으로 대체. 본함대는 일 전함 격퇴에 주력. 항로는 육군 항공대와 해병대가 확보.

일 전함 격퇴 시 본함은 재보급 후 항로 확보 예정.

후속 작전으로 수립되어 있었던 일이라 놀라지는 않았지만, 첫 작전대로 진행되지 않았기에 다른 변수가 또 떠오를지도 모르는 일이었다.

"알렉산더 사령관과는 연결되는가요?"

"지휘부와 전화 연결 중입니다."

대회의실에 새로 설치한 미군의 군용 전화기를 붙잡고 전화통화 중이던 미군 병사가 내 질문에 대답했다.

"전하, 조지 스미스 패튼 기갑 사령관이 이곳으로 오고 있습니다."

미군의 병사가 계속해서 들락거렸고, 연락관이 받은 쪽지를 확인하다 내게 말했다.

"아직 수원으로 내려가지 않았나요?"

"해 뜨는 대로 출발할 예정이었는데, 이번 사건으로 상황 확인 후 출발한다고 청량리에서 이곳으로 바로 오는 중입니다."

"알겠어요."

미군 소장이면 지금 한반도 안에 들어와 있는 미군 중 다섯 손가락 안에 꼽을 정도로 지위가 높은 사람이다.

그런데 이곳으로 온다 해도 어차피 통신문으로 들어오는

소식이라 패튼 소장에게도 바로 갈 텐데 왜 오고 있는지 궁금했으나 묻지는 않았다.

얼마 지나지 않아 독리와 조성환 군사위원이 대회의장으로 들어왔다.

임시정부의 국무위원 중 일부가 재건위원회 위원으로 선임되었고, 그중에 국무부장이었던 조성환도 군사위원으로 참여했다.

그는 대한군 총사령관인 지청천 장군과 임시정부에서부터 소통이 많이 있었고, 친황실 사람으로 분류되었으며, 나와 김구 주석 모두와 좋은 관계를 이어 가고 있어 국무위원으로 선임되었다.

물론 그의 군사적인 능력도 출중했는데, 대한군 중에서 지청천 장군을 비롯해 몇 안 되는 군사학교에서 정식으로 공부한 사람 중 한 명이라 별다른 이견이 없이 위원이 될 수 있었다.

"소식은 들으셨나요?"

"그렇습니다. 일단 지금 현재의 전투에는 차이가 없으나, 앞으로의 계획은 그에 맞춰 수정해야 할 것으로 사료됩니다, 전하."

"보급이 가장 큰 문제겠네요."

"일단 소련 측에서 소련의 국경과 우리의 국경 사이에 라남의 소련군에 보급할 보급로를 두만강을 건널 수 있게 공사 중이니 큰 차질은 없을 것입니다. 아직 확실히 확인하지는 않았으나, 처음 예정은 한 달이면 임시 다리를 설치할 수 있다고 했었습니다. 미국에서 지원하는 무기는 해당 보급로로 가져오고 패튼 소장의 기갑부대가 3사단에 합류하면, 호남의 평야는 모두 점령할 수 있습니다. 그럼 식량 조달에는 문제가 없을 것으로 판단됩니다, 전하."

군사위원인 조성환과 대화할 때에 얼굴에 주름과 모자 밖으로 나와 있는 흰머리가 인상적인 군인이 대회의실로 성큼성큼 걸어 들어왔다.

그는 주위를 둘러보더니 마치 나와 협상하는 상대국의 국가원수라도 되는 듯 내가 앉은 상석 맞은편 자리에 가서 섰고, 그것을 본 연락관이 급히 의자를 가져다주었다.

"조지 스미스 패튼 미합중국 태평양 방면 기갑부대 사령관이오."

그는 자리에 앉자마자 모자를 벗어 탁자 위에 올려놓고는 당황하고 있는 우리를 잠시 둘러보더니 내게 시선을 고정한 채 말했다.

"이우입니다."

나는 대한국재건위원회의 군주 위치에 있었지만, 마땅한 공식 직함은 없었다.

일본이 준 공족위는 일본의 손에서 탈출하면서 버렸고, 그렇다고 내가 대한제국의 황제나 왕도 아니어서 그냥 이름만 말했다.

그러자 패튼 소장은 재미있다는 듯 입꼬리를 씰룩거리더니 나를 바라보며 말했다.

"평양까지만 진격하고 그곳에 방어 전선을 구축하는 작전을 수립했던데 사실이오?"

"네."

"왜 그렇게 했소?"

"전선이 넓어지면 지금의 병력으로는 지역을 사수할 수 없고, 지금의 병력으로 한계선이 그곳까지라고 판단했어요."

"지금이 아니면 관동군의 거점을 파괴할 수 없소. 나는 군산이 아닌 신징으로 갈 것이오."

안 그래도 지금 원래 계획과 틀어져 골치가 아픈 상황인데, 이 노장은 회의실로 들어오자마자 뜬금없는 말을 했다.

아니, 말했다기보다는 통보했다가 정확한 표현일 정도로 당당하게 말했다.

나는 그가 지금 무슨 생각인지 알아내기 위해 그를 바라보며 아무런 말도 하지 않았다. 그러자 조성환 군사위원이 패튼 소장에게 대답했다.

"그곳까지 진격하게 되면 진격의 성공은 차치하더라도 전선을 형성할 군인⋯⋯."

"난 자네한테 묻지 않았네."

조성환의 말을 패튼 소장은 통역이 통역도 하기 전에 끊어

버리고 나를 바라봤다.

　패튼 소장은 조성환의 말이 무슨 뜻인지 알지 못했을 텐데 전혀 신경 쓰지 않았다.

　"만주국의 푸이는 꼭두각시일 뿐이에요. 지금 그를 친다고 해도 관동군이 항복할 일은 없어요. 여기 있는 군사위원의 말대로 전선이 넓어지게 되면, 지금 우리에게는 그 전선을 유지할 능력도 병력도 없어요."

　"병신 같은 나라의 주력 전차는 10년도 전의 방식인 경전차요. Japs 새끼들이 얼마든지 몰려온다고 해도 나는 이길 자신이 있소. 내가 끌고 온 셔먼 전차면 만주를 다 쓸어버릴 수도 있소. 만주는 전차가 기동하기 딱 좋은 환경이오. 그런데 지금 저 강력한 기갑부대를 고작 식량 확보를 위해 주둔군도 없는 지역으로 보낸다고? 그것 자체가 말도 안 되는 개짓거리지. 그리고 지금의 방어 전선 작전도 전차에는 아무런 도움이 되지 않소. 그저 멈춰 서서 포격하는 역할 말고는 할 것이 없지. 다시 한 번 말하지만, 나는 오늘 중으로 압록강으로 이동, 도하 후 일주일 내로 신징을 점령하고, 관동군을 박살낼 것이오."

　"연결되었습니다."

　평양의 알렉산더 사령관과 전화통화를 준비하던 미군 연락관이 우리 대화가 잠시 끊어진 사이에 전화기를 내게 가져와 말했다.

"통화하시오."

연락병의 말을 들은 패튼 소장도 내게 손짓을 하며 말했고, 전화를 받았다.

"이우입니다."

ㅡ알렉산더 사령관입니다.

급하게 구축한 전화였지만, 대화하기 무리 없을 정도의 알렉산더 사령관의 목소리가 전화기 너머 들렸다.

"일단 소식은 들으셨나요?"

ㅡ들었습니다. 후속 작전으로 이어지면 되니, 큰 걱정은 안 하셔도 괜찮을 것입니다. 이미 대동강 이남에 도착해 참호 구축에 들어갔고 보급품도 여유가 있으니, 소련을 통한 보급이 올 때까지는 여유가 있습니다."

"그 부분에 대해서는 나도 걱정하지 않았는데, 방금 경성에 도착한 패튼 기갑 사령관이 아주 재미있는 이야기를 하는군요."

ㅡ그 친구가 또 사고를 쳤습니까?

또 사고를 쳤다는 말에 평소 패튼 소장에 대한 상관의 평가가 어떤지 짐작할 수 있었다.

"회의실로 오더니 대뜸 신징으로 진격하겠다고 하는군요."

ㅡ……지금 앞에 있습니까?

"네."

-실례지만 그 친구와 잠시 연결해 주시겠습니까?

"잠시만요……. 알렉산더 사령관이 직접 통화하고 싶다네요."

전화기를 손에 들어 패튼 소장에게 보여 주며 말하자, 그는 고개를 끄덕였다. 곧바로 연락관이 전화기를 들고 패튼 소장에게 전해 주었다.

-조지 스미스 패튼 소장입니다. 그게…….

패튼 소장은 전화기를 받자마자 자리에서 일어나 대회의실 구석으로 가면서 통화했고, 연락병은 그런 그의 행동에 당황하며 전화기 본체를 들고 그의 옆을 따라갔다.

"어떻게 생각하나요?"

"불가합니다. 이 작전은 이미 몇 달 전부터 여러 전문가가 검증한 이후 수립된 것입니다. 연합군 전체의 작전인데 어찌 이리 감정적으로 변경하겠습니까?"

처음부터 패튼 소장의 말에 반박하던 조성환 군사위원이 바로 반박했다.

백범이나 몽양도 패튼 소장의 말에는 그다지 동의하지 않는지 부정적인 견해를 보였다.

세 사람이 부정적인 견해를 피력하자, 마지막 참가자인 미군 연락관은 미군의 견해를 대변하는 입장이라 패튼 소장의 말에는 별다른 의견을 제시하지 않았다.

"독리는 어떻게 생각하나요?"

난 처음에 패튼 소장이 말했을 때는 너무 뜬금없어 저 사람이 제정신인가 싶었는데, 계속 그의 말을 듣다 보니 생각보다 나쁘지 않을 수도 있다는 생각이 들었다.

　물론 그 넓은 전선을 우리가 유지할 수 있을까 하는 생각이 들기는 했으나, 마냥 부정적으로 보기만 할 일 같지는 않았다.

　"……나쁘지 않은 제안 같습니다. 우리는 관동군의 숫자와 숙련된 전투병에 대한 걱정을 위주로 했습니다. 그래서 넓은 전선 유지에 대해 집중했던 것입니다. 그런데 그의 말대로 전차의 성능 차이가 그 정도로 난다면, 그의 작전대로 관동군의 주요 부대를 격파하는 것도 나쁘지 않아 보입니다……. 동해의 제해권을 잡지 못한 지금, 대양의 일본 해군이 우리나라의 각 항구를 포격하고 상륙하면 북쪽의 관동군과 남쪽의 해군으로 양쪽 전선에서 전투를 벌여야 할 수도 있습니다. 그러는 것보다는 패튼 기갑 사령관의 제안대로 북쪽으로는 기갑부대가 흔들어 우리 전선으로 내려오지 못하게 막고, 우리 군과 미군 육군 병력이 합쳐 일본 해군의 상륙을 막는 것도 타당해 보입니다, 전하."

　독리가 말하는 사이 패튼 소장이 전화통화를 마치고 다시 자리로 돌아와 앉았기에 독리의 말이 잠시 멈췄다.

　하지만 통역의 말을 들은 패튼 소장이 손을 들어 계속하라는 몸짓을 취했고, 독리의 말이 끝까지 이어졌다.

짝짝짝.

독리의 대화를 모두 들은 패튼 소장은 아주 큰 소리로 손뼉을 쳤다.

"내 말이 그 말이오! Japs에게 복속당했던 애송이들이라 들어 제대로 된 군사 전문가도 없는 줄 알았더니, 이렇게 유능한 지휘관도 있군."

아주 큰 소리로 감탄하는 말을 내뱉은 패튼 소장은 아무런 호응도 없는 우리를 보며 아차 하는 마음 있는지 금방 이어서 말했다.

"아! 이우 전하와 한국을 비하한 것은 아니고, 정말로 감탄해 말에 실수가 있었소."

그의 말을 듣고 내 옆에서 전화기를 들고 내게 전화를 받기를 기다리는 연락관에게 수화기를 넘겨받았다.

"네, 이우입니다."

―제가 대신 사과드리겠습니다.

전화기 너머까지 패튼 소장의 목소리가 들렸는지 알렉산더 사령관이 내게 조심스럽게 말했다.

"아닙니다. 상당히 지설적이신 분이군요."

―성격과 말이 거칠어서 그렇지 유능한 지휘관입니다. 전차 운용은 패튼 소장이 저보다 훨씬 더 뛰어납니다.

"그래서 어떻게 생각하시나요?"

―패튼 소장의 제안은 그리 나쁘지 않아 보입니다. 과거 소련

군과의 전투에 비춰 봤을 때 일본의 주력 전차인 97식 전차는 지금의 우리 주력 전차인 셔먼에 상대가 되지 않을 것입니다. 또한 패튼 소장의 말대로 한반도의 지형보다는 만주의 지형이 전차 기동전에는 훨씬 유리하지요. 또 우리가 방어 전선을 형성하는 게 아닌 관동군의 주력부대를 파괴하는 것으로 전선을 형성하는 것도 타당한 의견으로 보입니다. 체스터 윌리엄 니미츠 연합군 총사령관의 의견도 필요하겠지만, 전하께서 동의해 주신다면 체스터 연합군 총사령관도 크게 반대하지 않을 것으로 생각됩니다. 전하께서는 어떻게 생각하십니까?

패튼 소장이 어떤 식으로 이야기한 것인지 알렉산더 중장은 갑작스러운 작전 변경 요청을 쉽게 받아들였다.

나도 패튼 소장처럼 자리에서 일어나 창문으로 다가가 야간의 불 켜진 경복궁을 바라보며 조용한 목소리로 알렉산더 중장에게 물었다.

"무엇이 알렉산더 사령관의 마음을 움직였나요?"

솔직히 패튼 소장의 첫인상은 좋지 않았다.

그가 정확히 누구인지 어떤 사람인지에 대한 사전 정보가 부족했다. 대회의실에서 보인 그의 행동에 호탕한 사람이라는 것은 알겠으나, 그다지 신뢰가 가는 행동은 아니었다.

특히 내가 있는 눈앞에서, 어떻게 보면 사실이지만 대한인에게 모욕적으로 들릴 수도 있는 언사를 했다는 게 마음에 걸렸다.

─……몇 가지가 있지만, 그의 태도가 믿음이 안 가셨을 줄을 알고 있습니다. 하지만 그는 분명 유능한 지휘관이고, 동해의 제해권을 완벽히 장악하지 못하고 일본 본토 공격이 잠정 보류되면서 남태평양에 나가 있는 일본 해군이 올라오지 않을 가능성도 생겼습니다. 지금 이 타이밍이 지나고 관동군이 전선으로 밀고 내려오면 지금 전선을 유지할 수 있을지는 반반의 가능성입니다. 그마저도 버티는 것이지 관동군을 섬멸한다는 보장은 없습니다. 그래서 공격적인 전술이지만 패튼 소장의 전술이 훨씬 우리에게 유리한 작전이라고 판단했습니다.

"……좋습니다. 그 작전에 동의하겠어요. 단 몇 가지 조건이 있어요. 우리가 군산과 호남평야를 확보하지 못하면 지금의 보급으로 모자라고, 또한 그 식량이 중국으로 반출되어 관동군의 식량이 될 것이에요. 지금의 3사단만으로는 호남으로 내려가 점령과 치안 유지가 불가능하니, 전차를 대신해 호남 점령에 필요한 병력을 내려보내 주세요."

완벽히 설명과 이해가 되는 것은 아니었지만, 그의 말에 대부분 나도 동의한 데다 알렉산더 중장의 인적 보증을 믿어 보기로 했다.

체스터 총사령관과 알렉산더 중장에 대해서는 이 작진이 결정되고 나름대로 조사했었다.

그래서 알렉산더 중장이 1차 대전의 프랑스 전선에 참여해 한 개 여단을 이끌었으며, 그가 여단을 이끌며 만들어 낸

성과에 대해선 잘 알고 있었다.

　-평양을 점령하는 대로 병력을 내려보내겠습니다. 감사합니다, 전하.

　"신의 가호가 함께하기를."

　-신의 가호가 함께하기를.

　패튼 소장과의 통화를 마치고 탁자로 돌아오자 다른 참석자들은 서로 대화를 하지 않았는지 조용한 상태로 내가 말하기만 기다리고 있었다.

　"좋습니다. 패튼 소장께서는 날이 밝는 대로 평양으로 향하세요. 그곳에서 지청천 대한군 사령관과 제임스 알렉산더 사령관, 두 분과 함께 작전을 구상하고, 만주로 진격해 주세요."

　수화기를 연락병에게 넘겨주고 천천히 말하며 패튼 소장에게 다가갔다.

　마지막 말을 마치고 그에게 손을 내밀자 그도 자리에서 일어나며 내 손을 맞잡았다.

　"관동군을 박살 내고, 관동군 총사령관의 목을 들고 돌아오지."

　악수를 마치고 대회의실을 나가던 패튼 소장은 대회의실의 문을 열다 말고 뒤돌아 내게 물었다.

　"근데 그 개새끼의 이름이 무엇인가?"

　잠시 그가 지칭하는 인물에 대해 고민했다.

개새끼가 너무 많아 어떤 개새끼를 말하는지 고민하는 사이 내 뒤에 있던 최지헌이 내게 귓속말을 했다.

"현 관동군 총사령관은 우메쯔 요시지로梅津美治郎입니다, 전하."

누구를 지칭하는지 헷갈렸는데, 최지헌이 나도 잘 알고 있는 인물의 이름을 내게 말했다.

"우메쯔 요시지로라고 하는군요."

"하긴 Japs의 이름 따위를 굳이 기억할 필요는 없겠지. 그 개새끼를 내가 잡아 오지."

내가 기억하지 못했다고 생각한 것인지 패튼 소장은 웃으며 말하고 대회의실을 벗어났다.

그가 대회의실을 나가고 곧바로 '가서 다 깨우고 출동한다! 탱크에 시동 안 걸고 뭐 하고 있어 햇병아리들아!'라는 패튼 소장의 외침이 대회의실 안까지 들려왔다.

너무 감정적이고, 절제를 못 하는 장군이 아닐까 하는 생각이 들었다.

"호탕한 성격이군요."

"그렇습니다, 전하."

내 감탄에 여운형도 동의하는지 웃으면서 대답했다.

"그럼 본격적으로 우리가 모인 이유에 관해 이야기합시다. 동해 제해권은 확보하지 못했고, 북진하기로 했습니다. 이어져야 할 제반 조치를 결정합시다."

내 말에 조성환 군사위원이 가장 먼저 나서 탁자 위에 만주와 소련까지 나오는 전략지도를 펼쳤다.

"일단 기존의 작전 계획은 이곳 낭림산맥과 대동강 이남의 언진산맥을 거점으로 하는 방어 전선 구축이었는데, 이번 작전 변경과 동해 제해권 확보 실패로 소련을 통한 보급을 받아야 합니다. 그렇게 하자면 이곳 평양과 라진을 연결하는 이 전철을 통하여 한반도 곳곳으로 퍼져 나가야 합니다. 그러면 지금 계획된 곳에 방어 전선을 형성할 경우, 안주, 평양으로 이어지는 평라선의 방어를 할 수가 없습니다. 이 선을 방어하면서 방어에 용이한 지형, 이곳 묘향산맥과 함경산맥을 중심으로 하는 방어선의 재정비가 필요합니다, 전하."

"지금 라진의 1사단은 어디쯤 있는가요?"

"라진에서 경성의 치안대가 도착할 때까지 치안 유지를 목적으로 활동 중이며, 함께 전투에 참여한 소련군은 소련과 우리의 국경에 주둔하며 방어 전선 구축에 들어갔습니다. 그리고 미군도 낭림산맥으로 이동하기 위해 라진 외곽에서 철수 준비를 하는 중으로 알고 있습니다, 전하."

조성환 군사위원이 지도에 각 지역을 가리키며 내 질문에 대답했다.

"연락관, 알렉산더 사령관에게서 다른 전보가 들어온 것은 없나요?"

"아직 없습니다."

연락관의 말을 듣고 나자 백범이 조성환 군사위원에게 물었다.

"그럼 우리는 묘향산맥과 함경산맥을 중심으로 방어 전선을 형성하는 것이 지금으로서는 최고의 대책인가?"

"진격하는 상황이 정확하게 어떻게 전개될지는 모르겠으나, 지금 생각하기에는 이 방어 전선이 가장 효과적이라 판단됩니다, 위원장님."

백범의 말을 시작으로 여운형도 전선에 대해 질문을 했고, 연락관과 조성환 군사위원이 그 질문에 자신들이 아는 대로 대답했다.

금방 다녀간 패튼 소장과 알렉산더 중장의 생각을 아직 정확히 확인하지 못해서 조금 전선을 올린 상태로 방어 전선을 구축할지 확신은 없었다.

하지만 우리 대한군이 할 수 있는 일은 우리가 결정해야 했다.

여러 사람이 토론하는 회의를 지속하는데 머릿속에서 약간 께름칙한 느낌이 조금씩 들었다.

패튼 소장이 알렉산더 중장을 너무 쉽게 설득해서 오는 께름칙한 느낌인지 한참을 고민하는데, 문득 떠오르는 게 있었다.

"그런데 우리가 북진하는데, 굳이 우리가 방어 전선을 형성해야 하나요?"

"하지만 북진을 실패할 때를 대비한 작전은 수립해야 합니다, 전하."

내 질문에 조성환 군사위원이 잠시 생각하더니 대답했다.

"지금 우리가 북진하는 것은 공격을 통해 일본군이 내려오지 못하게 하기 위해서이지 않나요? 작전이 성공하든 실패하든 이 방어 전선에서 버틸 일은 없을 것으로 생각되네요."

내 말에 몽양이 한참을 지도를 보더니 고개를 끄덕이면서 내 말에 이어 말했다.

"그렇겠습니다. 지금 한반도 내에서 가장 강력한 기갑부대가 올라가는 것인데, 그 기갑부대가 실패했다면 남은 병력으로는 방어가 안 됩니다."

몽양도 내 말이 무엇을 뜻하는지 정확히 파악하고 내 마음을 대변했다.

"제 말이 그 말이에요. 지형적 이점으로 방어진지를 구축했다고 해도 1~2주일 겁니다. 그럴 바에는 북쪽으로는 기갑부대와 협력해 보병은 계속 진군하고 일부 병력만 치안 유지에 투입하는 게 타당해 보이네요. 도시의 치안 유지는 치안대가, 군 병력은 이 평라선과 함경선이 두 곳의 철도를 중점적으로 방어하는 게 좋은 판단 같아요. 그리고 오늘 평양의 병력이 내려오면 3사단과 함께 군산을 점령하고, 호남평야를 점령하고, 각 항구의 일본 해군 상륙에 대비하며, 방어 전선은 남쪽에 구축하는 게 좋아 보이는군요."

전선에 관한 대화를 주도하던 조성환이 내 말에 생각에 잠겼고, 백범도 고개를 끄덕이면서 암묵적으로 내 뜻에 동의했다.

"전하의 말씀도 타당해 보입니다, 전하."

한참을 생각한 조성환이 고개를 끄덕이면서 대답했다.

곧 조성환이 제안했던 작전과 내가 제안했던 작전을 토의를 통해 정리해 두 가지 작전안을 만들었다.

그러자 이미 시간이 많이 지나 창밖으로는 이미 해가 떠오르고 있었다.

"연락관, 이 두 작전 제안서를 평양으로 보내세요."

"전달하겠습니다, 전하."

"군사위원께서도 각 지역의 대한군 사단에 작전이 변경됨을 알리고, 후속 작전에 대한 것을 타전하세요. 김원봉 사단장에게도 군산 점령 작전이 변경되었음을 알려 주고, 지원군이 도착할 때까지 진군을 중단하라고 지시하세요."

"알겠습니다, 전하."

"새벽부터 다들 고생하셨어요. 10시에 조회朝會가 있으니다들 이따 봅시다."

새벽부터 일어나 작전 회의를 했고 이미 8시 30분이 넘어가는 시간이 되었지만, 10시에 모든 대한국재건위원회 위원이 참석하는 조회가 예정되어 있었다.

전선이 안정되고 나라가 안정될 때까지는 매일 아침 조회를 하기로 한 상황이라 첫 조회부터 참석 안 할 순 없었다.

그래서 회의가 마무리되자 곧바로 정무총감실로 돌아왔다.

그리고 정무총감실에 있는 야전침대에서 회의 시간이 되기까지 잠시 눈을 붙였다.

7장

어젯밤 한숨도 못 자서인지 잠시 눈을 감았다가 최지헌이
나를 깨우는 소리에 잠에서 깼는데, 이미 조회 시간을 20분
정도 남겨 놓은 시간이었다.

"다들 모였는가?"

"위원들은 이제 도착하시기 시작했습니다, 전하."

"알겠네."

정무총감실에 딸린 욕실에 간단히 샤워하고 옷을 갈아입
은 후 대회의실로 가자 문 앞에 서 있던 직원이 나를 알아보
고 대회의실 안에 대고 말했다.

"전하께서 도착하셨습니다."

그가 열어 준 문으로 들어가니 대회의실이 꽉 차도록 위원

들이 모든 자리를 채우고, 그 뒤로 류건율 치안대장 같은 실무자들도 벽에 비치된 의자에 앉아 있었다.

새벽에 본 사람들도 각자 자리를 차지하고 서 있었다.

각자 자리에 서 있는 사람들을 지나 내가 상석에 섰다가 앉았다.

"모두 자리에 앉아 주십시오."

내가 자리에 앉자 다른 사람들도 내 오른편 뒤 단상에 서 있던 청년의 말에 맞춰 자리에 앉았다.

단상에서 말하고 있는 청년은 연희전문학교를 나와 지하 동맹에서 학생 대표로 참석했던 청년이었다.

김진길이란 이름의 청년으로, 전문학교 학생들을 규합해 지하동맹에서 활약하다 지금은 몽양의 추천으로 내무위원 아래에서 내무부위원으로 위원회에서 활동했다.

내무위원은 백범이 추천한 조완구 전 임시정부 내무부장이 맡고 있었다.

"지금부터 제1회 대한국재건위원회 전체 조회를 시작하겠습니다. 각 위원께서는 모두冒頭발언을 해 주시기 바랍니다. 순서는 전하의 우측에 계신 김구 위원장님부터 시작하겠습니다."

"과분하게 대한국재건위원회의 위원장을 맡은 김구입니다."

백범의 말에 내가 손뼉을 치자 다른 사람들도 같이 손뼉을

쳤다.

백범은 박수에 고개를 숙여 답하고는 박수가 잦아들자 말을 이어 갔다.

"감사합니다. 일단 위원장으로서 경성에서 이렇게 말할 수 있음에 감사합니다. 위원들께서는 자신의 업무에 관해 파악하시느라 바쁘시겠지만, 빠른 파악 후 정국 안정을 위해 노력해 주시기 바랍니다."

그 말을 끝으로 자리에 앉자 다음인 몽양이 일어나 백범과 비슷한 말을 하고 자리에 앉았다.

두 사람의 말이 끝나자 내무위원 조완구가 자리에서 일어났다.

"내무위원 조완구입니다. 일단 지금 내무부는 치안대의 도움을 받아 경성의 치안 유지와 민족 반역자 체포, 억울하게 수감되어 있는 독립운동가의 석방을 주도하고 있습니다. 옛 종로경찰서 자리에 치안대가 자리했고, 종로통, 광화문통에 반민족 행위자 신고처를 설치해 신고를 받고 있습니다. 또한, 대한군과 치안대의 요청으로 위원회관 앞에서 대한군 입대자를 지원받고 있습니다. 오늘 아침 지원자 중 일부를 치안대로 인계하였고, 나머지 인원은 용산의 옛 20사단의 터에 막사를 설치하고 일주일간의 기초 군사훈련을 마친 뒤, 각 지역으로 분배할 예정입니다. 후에 원산, 개성, 수원 등 우리 군이 점령하고 치안이 안정되는 지역을 중심으로 지원자를 선발할 것이고, 북쪽의 관동군과 대치하는 1, 2사단을 중심으로 신병을 인도할 계획입니다. 아직 완전히 안정된 상황이 아니라 인력 부족으로 경성의 정확한 조사에는 들어가지 못했으나, 이전에 제국익문사에서 조사했던 자료를 바탕으로 명백한 반민족 행위자에 대해서는 오늘 위원분들께서 의결해 주시면 그 의결을 바탕으로 재산 환수選收 절차에 들어갈 것입니다."

간단한 조완구 내무위원의 모두발언이 끝나자 이어서 군사위원인 조성환이 자리에서 일어났다.

"군사위원 조성환입니다. 군무부에서는 가장 새로운 소식부터 알려 드리겠습니다. 오늘 군산으로 출발할 예정이었던 미군 기갑부대는 작전 변경으로 인해 군산으로 가지 않고, 다른 지역으로 출발했습니다. 방어만 한다는 기존의 작전 계획이 연합군 내부의 토의를 거쳐 선제타격을 하는 쪽으로 변경되었습니다. 목표는 만주의 관동군이 될 것이고, 세부 작전은 관련 위원님에게 따로 전달하도록 하겠습니다. 우리 부서에서 필요한 의결은 용산의 기초 군사훈련소의 예산과 군인의 봉급, 처우에 관한 것입니다. 세부 자료는 위원님들 자리에 비치된 자료에 나와 있습니다. 이상입니다."

군사위원인 조성환의 말이 끝나자, 여운형과 내 추천으로 미국과 소통이 잘된다는 이유로 외무위원에 선임된 유일한 박사가 자리에서 일어났다.

"외무위원 유일한입니다. 일단 현재 외무부는 아직 업무를 시작하지 못했습니다. 오늘 중으로 교통위원님에게 인수인계를 받고, 바로 업무에 들어가도록 하겠습니다."

유일한은 직접 경성 탈환 작전에 참여했고, 유학생들과 함께 미군과의 협조를 담당하고 있었다.

그 팀원이 대부분 외무부로 흡수되어 외무위원인 유일한을 돕기로 했다.

외무위원으로 선임이 가장 늦어 교통위원인 독리가 대리하고 있던 일을 아직 인수인계받지 못했다.

"법무위원 이시영입니다. 법무부는 군사재판소를 설치하고 나서, 기존 중경임시정부의 법무부 인원을 위주로 판사단을 꾸릴 예정이고, 첫 위원회의 임시 헌법을 준비할 예정입니다. 대한국재건위원회의 임시 헌법이 나오기 전까지는 임시정부의 헌법을 계승해 사용할 예정이고, 지금 임시정부의 헌법에 따르면 대한국은 대한제국의 후계자를 군주로 하는 입헌군주국입니다. 이 점은 위원회 임시 헌법에도 포함될 예정입니다. 또한, 지금 급히 필요한 법에 대해서는 위원회의 의결을 거쳐 수립한다는 방침입니다. 마지막으로 법무부는 다른 부서와 달리 위원회관을 사용하지 않고, 구 경성지방재판소의 위치로 정동정에 위치한 건물에서 근무할 예정입니다. 해당 건물에는 법무부 소속의 평리원平理院이 설치되어 재판을 진행할 예정이며, 반민족 행위자에 대한 재판과 형무소에 수감되어 있는 재소자 중 독립운동가를 선별 후 석방하는 일을 우선하여 진행할 예정입니다."

임시정부에서는 재정위원을 맡고 있던 이시영이었지만, 그건 그가 넓은 인맥과 한반도 내의 유력자들과 교류가 있어 자금을 잘 끌어올 수 있어서였다.

그는 대한제국 시절에 고등법원 판사를 역임했었고, 이후에 임시정부에서도 헌법과 관련된 일을 해 새로운 나라의 헌법을 만드는 업무를 주관할 사람으로 적임자였다.

그래서 첫 법무위원으로서 나와 백범, 몽양이 모두 이견 없이 선임에 찬성했다.

"재정위원 박영규입니다. 현재 지출되고 있는 금액은 지하동맹의 예산을 그대로 넘겨받아 사용하고 있습니다. 오늘 의결로 반민족 행위자의 재산을 환수하면 그 금액도 위원회의 예산으로 사용될 것입니다. 그리고 위원장님의 도움으로 중경임시정부의 재산도 위원회로 귀속할 예정입니다. 아직 지출이랄 것이 없어 예산 집행에는 문제가 없으나, 위원회의 살림이 커지면 일정한 수입이 없어 이 예산이 언제까지 지속될지는 알 수 없습니다. 재정부가 정상적인 업무를 시작하면 인두세人頭稅를 시작으로 조세와 예산 지출 계획을 수립할 예정입니다."

박영규 재정위원은 몽양이 추천해 위원이 된 인물로, 조선 인상인연합회 부회장과 지하동맹의 재정을 담당했던 사람이었다.

위원회를 구성하면서 서로 양보도 많이 했었고 의논도 많이 했는데, 몽양이 먼저 추천한 사람 중 유일하게 위원으로 선임된 사람이었다.

하지만 위원과 부위원 모두를 한쪽에서 추천한 사람이 선임되도록 하지 않아 최대한 양쪽의 인사가 고루 등용될 수 있게 노력했다.

하지만 딱 한 곳, 그렇지 않은 곳이 있었는데, 바로 교통부였다.

교통부는 철도와 통신, 전보를 담당하고, 그 예하에 정보국이 있어 정보 수집 업무를 전담하는 곳이다.

대한군과 치안대에는 실질적으로 군사훈련을 많이 받은 제국익문사가 많은 자리를 차지했고, 특히 정보를 관할하는 교통국에는 위원에 독리가, 부위원에는 노익현 상임통신원이 선임되었다.

"교통위원 감청천입니다. 교통부에서는 외무부의 일과 교통부의 일을 함께 말씀드리겠습니다. 오늘 아침에 부산에서 활동 중이던 요원에게서 들어온 정보인데, 일본의 황실 사람 중 이왕 이은과 이건 공의 명의로 성명서가 나왔습니다. 각 자료가 첨부되어 있으니 확인 부탁드립니다. 간단히 설명해 드리면, '지금 경성을 불법 점거하고 이왕가라고 주장하는 이우는 이미 황국 군인을 격려하기 위해 대륙 전선을 시찰 중 불의의 사고로 사망하였다. 지금 이우라 주장하는 자는 확인 미상의 불량선인이고, 경성에서 일어난 소요는 천황가에 대한 반란이니 즉각 해산하라. 조선반도의 황국신민은 선동에 휘말리지 말고, 황국 신민으로서 천황에 충성하고, 반란군을 진압하라.'라는 내용의 유인물이 뿌려졌고, 일본에도 같은 내용의 유인물과 신문, 방송이 지속되고 있는 것으로 확인되었습니다. 이에 교통부도 제국익문사 사보를 통해 이우 전하가 대한제국의 정식 후계자이며, 이번 거사의 당위성에 대해 적은 유인물을 점령 지역과 부산, 대구, 진주, 평양, 의주, 함흥 등 전국에 제국익문사 요원이 나가 있는 대도시를 중심으로 배포 중입니다. 또한, 경성방송국에서 라디오를 통해 한반도 전역으로 같은 내용의 방송을 송출 중이며, 경성의 단성사團成社, 조선극장朝鮮劇場, 우미관優美館에서 이우 전하의 담화문과 광복군의 시안전투 장면, 제국익문사의 자료를 편집해 무료 상영을 진행하고 있습니다. 후에 위원회관 앞에서 있었던 연설과 파고다공원에서 있었던 제, 그리고 제국익문사에서 보유 중인 기미독립운동의 자료를 편집해 상영할 예정입니다. 이렇게 한반도 내의 선전은 지금과 같이 교통부에서 담당할 예정이고, 일본에 대해서는 외무부에 이관 후 외무부를 주무 부처主務部處로 하고, 교통부와 군무부, 내무부가 협력해 대응해 나갈 방침입니다. 또한 지금 계속해서 이어지는 원산과 청량리역 간의 열차에 차질이 없도록 유지 운영해 보급하도록 하겠습니다. 기존의 조선총독부 자료를 확보해 철도와 도로의 실황 파악에 들어갔고, 이번 작전 중에 크게 파괴된 곳은 없어 주요 지역을 중심으로 보수, 유지에 들어갔습니다."

독리의 모두발언을 마지막으로 각 위원의 모두발언이 끝났다.

현재 대한국재건위원회는 위원장과 부위원장 아래 내무부, 군무부, 외무부, 법무부, 재정부, 교통부 총 6부가 있으며 그 6부는 각각 한 명의 위원과 두 명의 부위원이 있고, 각 부 아래 실질적으로 업무를 실행하는 국, 그 아래에 담당 부서로 나뉘었다.

대표적으로 교통부의 정보국과 군무부의 대한군, 내무부의 치안대가 있었다.

각각 이름은 달랐지만 지금 설립된 곳은 전부 같은 급으로 설립되어 각 부처의 장들은 위원급, 국장급, 부서장급으로 나뉘었다.

아직 직원을 선발하거나 하지 않았는데, 반민족 행위자가 우리 위원회와 후에 수립될 정부에서 일하는 것은 절대 안 된다는 의견에 모든 구성이 공감했다.

그리고 그 시작은 임시정부와 지하동맹의 사람을 중심으로 위원회를 꾸리기로 했다.

정보국은 지금 기존의 제국익문사 요원 중 독리가 선발한 인원과 중국에서 활동 중인 인원이 포함되어 있었는데, 정국이 안정되고 나면 제국익문사는 정보국과 별도의 기관으로 황실 직속 부서로 분리할 예정이었다.

설립 초기이다 보니 부처 간에 서로 견제하거나 감시하는 역할을 하는 부서가 부족했지만, 지금은 그런 문제가 발생하지 않는다는 생각으로 조금씩 장치를 만들어 갈 예정이었다.

후에 정식 선거 전에 완벽한 정부 부처의 형태를 헌법과 함께 만들고, 위원회가 선거로 선발된 내각에 권한을 이양하는 절차를 통해 민주 정부를 수립해 갈 예정이었다.

물론 지금은 나와 몽양, 백범 세 사람이 의견을 나눠 결정하는 공동 지도 체제의 위원회였다.

"그럼 일단 첫 안건부터 시작하겠습니다. 내무부에서 건의한 부분인데, 반민족 행위자 재산 환수에 관한 안건입니다. 내무부의 의견은 비치된 자료를 통해서 확인 가능하고 반민족 행위자 처벌에 대한 안건은 법무부에서 제출한 안건이 있으니, 이번에는 재산 환수에 관한 부분만 토의 후 의결하겠습니다. 거수하여 발언권을 신청한 이후 말씀해 주시면 됩니다."

김진길 내무부위원의 사회에 가장 먼저 발언권을 신청한 백범이 발언권을 얻어 말했다.

"반민족 행위자의 등급을 나눠야 합니다. 자발적 민족 반역자와 강요 때문에 피동적으로 민족 반역 행위를 한 사람을 나누고, 자발적 민족 반역자는 전 재산을, 피동적 민족 반역자는 민족 반역 행위로 축적한 재산을 압류해야 한다고 생각합니다."

"그 부분에 대해 동의합니다. 하지만 몇 가지 부분에서 세부적인 내용이 필요하고……."

백범의 말을 시작으로 각 부의 위원과 벽 쪽의 의자에 앉아 있는 국장, 실무자 들도 토론에 참여해 의견을 내놓았다.

최종적으로 자발적 민족 반역자에 대해서는 민족 반역 행위로 축적한 재산인지와는 상관없이 전 재산을 환수하고, 자금 흐름을 추적해 그 가족들의 재산도 민족 반역 행위와 연관성이 있으면 모두 환수하기로 했다.

피동적 민족 반역자도 반역 행위로 축적한 재산에 대해서는 모두 추징한다는 결정을 내렸다.

그리고 자발적이든 피동적이든 반민족 행위자가 재산을 은닉하거나 빼돌리려 하다가 발각되면 전 재산을 추징하고, 추징금 이외에 사법 처리 시 재산은닉죄를 추가해 민족 반역 행위와 같은 수준의 형량을 추가한다는 안건이 최종적으로 완성되었다.

"이상 이 안건에 관한 이견이 없으시면 최종 의결을 하도록 하겠습니다. 이견이 있으신 분 없으십니까?"

김진길의 말에 독리의 뒤편에 앉아서 별다른 의견을 내지 않고 있던 여성이 손을 들었다.

"네, 말씀하세요."

박영규 사장의 조카이자 명치정 화당의 주인으로 총독부 관료의 정보 수집을 맡았던 박윤희가 자리에서 일어났다. 그녀는 정보 수집 능력과 운영 능력을 독리에게 인정받아 정보국의 정보 수집 부서 중 경성을 담당하는 정보 1부의 부장으로 등용된 사람이었다.

"정보국 정보 1부 부장 박윤희입니다. 지금까지 토의하신 내용과 안건에 대한 반대라기보다는, 해당 안건으로 적용이 불가한 사람에 대해서는 어떻게 하실지에 대해 여쭙고 싶습니다. 가령 정보부에서 수집한 정보 중 종로 피맛골의 장 노인 같은 경우에는 임시정부에 매 분기 상당한 금액을 지원했습니다."

"그 노인은 제가 잘 알고 있습니다. 뭐가 문제가 됩니까?"

임시정부의 재정을 담당했던 성재가 잘 알고 있는 듯 고개를 끄덕이며 박윤희에게 되물었다.

"그렇습니다. 임시정부에 돈을 지원한 부분만 보면 그가 독립운동을 지원하는 독지가처럼 보이지만, 그는 고리대금업을 운영하면서 종로의 많은 상인에게 피해를 주었고, 고리대금업을 운영하기 위해 종로경찰서와 총독부에 이르기까지 대규모로 청탁과 상납을 했습니다. 특히 미나미 지로 전 총독과는 요정에서 파티하며 돈을 건넸고, 태평양전쟁이 발발하자 일본 육군에 비행기 한 대를 헌납했으며, 매일신보에

'조선 청년은 일왕을 위해 나아가 성전에 목숨을 바치라.'라는 기고문을 게재해 대한 청년의 참전을 독려했습니다. 이런 사람이 지금 우리 부서에서 확인한 인원만 다섯 명이 넘습니다. 이 사람들에겐 어떻게 적용하시겠습니까?"

"……."

그녀의 말에 모든 참석자가 아무런 대답도 하지 못했다.

임시정부 출신의 사람들은 그의 도움을 받았으니 뭐라고 대답해야 할지 망설이고 있었고, 지하동맹에서도 자신들에게 지원한 사람이 저런 행위를 안 했을 거라 확신하지 못해 대답하지 못했다.

대회의실의 많은 사람이 있었지만 1분 가까이 조용해 내가 나섰다.

"어려운 질문이군요. 제 생각을 말씀드리죠. 일단 이 부분은 장사하는 것처럼 죄를 감가상각減價償却할 부분이 아니라 생각되네요. 조사가 더 필요하겠지만, 그가 임시정부를 지원했다고 해서 완벽한 선의로 볼 수 없습니다. 특히 그가 총독부에 한 행동은 총독부의 강요 때문에 이뤄진 피동적 협조라기보다는 자신의 재산 축적을 위한 자발적 협조로 보이는군요. 죗값을 서로 비교해 없애는 것이 아니라, 죄에 대해서는 완벽히 죗값 물어 부정 축적한 재산은 환수하고 매일신보에 기고한 기고문 등 그가 행한 반민족 행위에 대해서도 죗값을 다 치르게 해야 해요. 그러고 난 이후에 그가 독립운동에 기여한 행위를 따로 평가해, 필요하다면 지원하는 것이 좋아 보이네요."

그가 자신의 재산 축적을 위해 한 행동이지만, 임시정부에 도움을 보탠 사실도 분명히 있었다.

그래서 그의 독립운동 기여도에 대해 평가하겠지만, 그 기여도가 있다고 해서 그가 자발적으로 행했던 반민족 행위를 용서해서는 안 되었다.

그가 한 민족 반역 행위는 중대한 사항이었고, 일벌백계가 우선이었다.

"박쥐 새끼네."

조용한 대회의실에 노익현 교통부위원의 말이 울려 퍼졌다.

독리와 류건율 치안대장을 비롯한 그보다 높은 제국익문사 요원의 눈길을 받고 나서야 그가 자리에서 일어나 말했다.

"제가 말실수를 했습니다. ……일어난 김에 제 의견을 말씀드리면, 이런 인물들은 독립에 기여한 바가 있다 하더라도 다른 독립운동가와 같은 대우를 하는 것은 옳지 못하다 생각합니다. 이들은 단지 자신의 안위를 위해 줄을 대 놓은 것일 뿐이고, 정작 자신은 총독부 아래에서도, 독립한 국가에서도 편하게 떵떵거리고 살 생각으로밖에 안 보입니다. 이들에게 처벌 이후 국가유공자라는 면죄부를 주면, 대다수 불의에 버렸지만, 독립운동에 뛰어들 힘이 없거나 독립운동은커녕 강제징용을 당해 탄광 공장에서 개 같은 취급을 받으며 총독부 치하에 하루하루 버틴 사람들에게는 더욱 큰 상실감을 줄 것입니다. 재건될 대한국이 국민을 생각하는 나라라면 이 부분을 생각하면서 헌법을 수립해야 한다고 생각됩니다. 이상입니다."

시작은 좋지 않았으나 그의 뜻에 동의하는 사람이 많았는지 그가 말을 마치자 여러 사람의 박수 소리가 들렸다.

그중에는 내가 치는 손뼉 소리도 있었다.

"좋은 말이네요. 나도 저 말에 동의해요."

강압적인 분위기는 아니었지만 내가 직접 노익현 부위원의 의견에 동의하자 잠깐 회의실이 술렁거리긴 했으나, 금방 다시 토의를 이어 나갔다.

완벽히 찬반은 아니지만, 공과 과를 구분해 둘 다 인정해야 한다는 쪽과 과가 너무 큰 경우는 공도 치하하면 안 된다는 쪽으로 나뉘었다.

1시간 가까이 토론을 했지만, 대화가 계속해 평행선을 달려 중재할 필요가 있어 보였다.

"점심시간도 다 되었으니, 지금까지 진행된 토의만 정리합시다. 그들에 대한 공의 치하하는 대해서는 이견이 있지만 그들이 행한 반민족 행위에 대해서 처벌받아야 한단 부분에는 대부분 동의하니, 이번 회의에서는 처벌에 대해서만 의결하고 공을 인정하는 부분은 후에 더 토의합시다. 오늘 처리해야 하는 안건이 많이 쌓여 있어요."

이미 시간은 1시를 향해 달려가고 있었다.

우리가 하는 회의는 1백 미터를 전력으로 질주하는 단거리 경기가 아닌 마라톤에 가까웠다.

대한국이 재건될 때까지 긴 시간을 일해야 하는 사람들이었기에, 오늘 첫 회의부터 점심을 걸러 가며 일하는 건 장기적으로 악영향이 더 많았다.

"그럼 정리된 의결서를 말씀드리겠습니다. 민족 반역자 처벌에는 예외 없이 똑같은 법을 적용한다. 단 독립운동에 기여한 부분이 있는 사람은 처벌받은 이후의 처우에 대해서 다시금 토의를 통해 결정한다. 이번 안건에 대한 의결을 진행하겠습니다. 각 위원님들은 거수로 찬반을 표해 주시기 바랍니다."

김진길의 진행으로 전원 찬성의 의미로 손을 들었다.

회의실에 들어와 있던 기록관 네 명이 회의의 모든 기록을 수기하고 있었다.

여운형을 통해 등용한 사람이었는데, 기록관은 조선왕조를 기록했던 사관史官과 똑같은 형태로 내무부 산하에 기록국을 부서로 신설했다.

총 열여섯 명의 사람으로, 모두 몽양이 사장을 지낸 조선중앙일보 출신의 기자였었다. 그리고 조선중앙일보 폐간 이후 지하동맹이 결성될 때 참여했던 사람들이었다.

이들은 열두 명의 문서기록관과 네 명의 사진기록관으로 나뉘었다.

이들의 임무는 위원회 내에서 진행되는 모든 회의를 기록하는 것이고, 그중 한 명씩 교대로 나를 항상 따라다니며 내가 공식적인 업무에서 하는 말을 기록했다.

위원회가 만들어지기 전부터 계획되어 있던 일이라, 위원회가 정식 출범한 이후 김구 위원장이 발의하고 내가 동의하는 형식으로 오늘 아침부터 업무를 시작했다.

원래 제국익문사에서 탈환 작전 직후부터 사진기사와 최지헌이 완벽히는 아니지만 기록하고 있어서 그 기록을 넘겨받았다.

조회를 중단하고 30분 동안 점심시간을 가지기로 했다.

위원회관 앞에서 이뤄지던 환자 치료와 사망자 분류는 종로 소격정에 위치한 경성의학전문학교 부속 의원으로 이관되었다.

그리고 비워진 위원회관 앞의 공터에는 위원회관과 근처의 평리원, 종로 치안대에서 일하는 사람의 식사를 위한 임시 취사장이 마련되어 음식을 배급하고 있었다.

"제가 식사를 받아 사무실로 가져오겠습니다, 전하."

"아니, 그럴 필요 없다. 날도 좋은데 내려가서 함께 먹자."

최지헌의 말을 만류하고, 백범, 몽양을 비롯한 다른 위원들과 함께 위원회관 앞으로 나갔다.

식당에는 낙선재에서 보았던 상궁과 지하동맹의 사람들까지 나와 남녀 할 것 없이 음식을 만들고 배급을 돕고 있었다.

그렇다고 음식이 특별하지는 않았고, 된장국과 주먹밥, 김치가 배급되는 음식의 전부였다.

식료품이 없어서는 아니었다. 가뭄이 들면 나라에서 구휼미를 풀어 나누는 것처럼 지금은 전시였기에 경성에서 원하는 모든 사람이 먹을 수 있도록 음식을 베풀자는 여운형의 제안에 따라 식량을 아끼며, 오래갈 수 있게 유지하고 있었다.

11시부터 음식을 배식해 이미 많은 사람이 식사하고 간 터라 자리도 많이 비어 있었고, 배식하는 곳에 기다리는 사람도 10여 명밖에 없었다.

그들 뒤로 가서 기다려 배식을 받았다.

"안녕하십니까, 전하."

음식을 배식하고 있던 사람이 나를 알은체하며 인사해 그를 보니 지하동맹에서 인력거꾼 대표로 참석했던 이동석이었다.

"아! 동석 씨! 그런데 동석 씨는 위원회에서 일해야지 왜 동석 씨가 배급을 하고 있나요?"

배급하는 것 자체를 비하한다기보다는 이동석과 같이 인

력거꾼을 이끌고 우리에게 많은 도움을 주었으며 공로가 있는 사람이 위원회에 참여하지 않고 이곳에서 음식을 하고 있는 게 이상해 물었다.

"저 같은 까막눈이 뭘 알겠습니까? 저 같은 사람이 분수에 맞지 않는 일을 하는 것은 아니라 생각합니다. 독립을 위해 도움이 될 수 있으면 족합니다, 전하."

"저도 교통국에서 일해 달라고 요청했으나, 그 자신이 고사해 어쩔 수 없었습니다, 전하."

이동석과의 대화를 들은 여운형이 대답했다.

그를 바라보자 그 뒤로 회의실에 있었던 사람들이 줄을 서 있는 것이 보였는데, 더 대화하면 민폐라 이동석이 건네준 국그릇을 받았다.

"고맙습니다."

우리가 경성을 수복한 것은, 지금 위원회가 최소한 형태를 갖추고 일을 차근차근 진행해 나가는 것은, 나나 백범, 몽양 혹은 위원회의 위원이나 제국익문사가 뛰어나서라기보다는 이렇게 자기 일을 묵묵히 해 온 사람들 덕분이었다.

위원회관 앞마당에는 짚으로 된 자리와 밥상이 곳곳에 놓여 있어 잔치처럼 보였다.

물론 앞에는 각자 배급받아 온 음식이 놓여 있었다.

보리와 쌀을 섞어 만든 주먹밥과 국물이 대부분인 된장국이었지만, 만든 사람들의 노고를 눈으로 봐서인지 그 어떤 음식보다 맛있게 음식을 먹었다.

우리가 앉은 자리 근처에 앉은 사람 중 몇몇이 나와 백범, 여운형을 알아보고는 우리가 이 자리에서 밥 먹고 있는 것에 놀랐지만, 우리에게 말을 걸거나 하지는 않았다.

"이동석 씨 같은 분 덕분에 우리가 성공할 수 있었습니다, 전하."

식사를 어느 정도 마쳤을 때쯤 백범이 내게 말했다.

"그렇습니다. 결국, 우리가 경성에 다시 돌아올 수 있었던 것은 특정한 한 사람이 가진 뛰어난 능력 덕분이 아니라, 저분들같이 헌신적으로 우리를 지지해 준 사람들 덕분입니다."

"그렇습니다, 전하."

백범뿐 아니라 몽양도 내 말에 동의한다는 듯 대답했다.

"위원장께서는 아까 반민족 행위가 있어도 공로를 챙겨 주어야 한다는 입장이시던데, 혹시 그가 임시정부에 지원을 해주어서입니까?"

기록관이 옆자리에서 글을 적고 있어 말하지 말까 고민하다 어차피 이제부터는 언제든 기록관이 따라다닌다는 것을 생각해 그냥 백범에게 궁금했던 부분을 물었다.

"꼭 그런 것은 아니지만, 그 이유도 있습니다. 전하께서는 임시정부가 중경에서 장제스 주석의 지원을 받아 좋은 환경에서 일하는 모습만 보셨습니다. 하지만 상해에서는 자금이 없어 정부 건물 임대료도 못 내고, 임시정부 가족들이 밥도 챙기지 못해 구걸로 연명하던 때도 있었습니다. 장 노인은 그때에도 꾸준하게 우리를 지원했었습니다. 그가 반민족 행위를 한 적이 있지만, 그의 선의를 믿고 있습니다. 우리 임시정부는 지금에야 이렇게 재건위원회의 일원으로 인정받고 있지만, 그 시절에는 곳곳에 있는 수많은 임시정부 중 한 곳이었고 언제 없어질지 저 자신도 확신할 수 없는 상태였습니다. 조회에서도 말씀드렸지만 그런 상태의 임시정부에 꾸준히 했던 장 노인의 지원이 이런 날을 기대했기 때문이라 여기기에는 조금 무리가 있다고 생각합니다, 전하."

이미 조회에서도 말했던 똑같은 내용이었다.

그러나 실제 조선 안에서 꾸준히 생활하며 지내 온 몽양은 그런 백범과 다른 의견을 가지고 있었기에 내가 고개를 끄덕이며 백범의 말을 받자 바로 백범의 말을 반박했다.

"장 노인도 주위에 자신은 조국의 독립을 위해 돈을 지원해야 했고, 그래서 어쩔 수 없이 총독부와 어울려 일하며 개같이 돈을 벌어 임시정부를 지원했다고 말하고 다닌다고 들었습니다. 하지만 그가 축적한 재산과 그가 일제 치하에서 보였던 행태는 그런 그의 말과는 너무 다른 부분이 많습니다. 그리고 그는 백범뿐 아니라 미국과 소련, 화북의 조선독립동맹에까지 자금을 지원한 정황이 있습니다. 그리고 그가 고리대금업으로 우리 서민들의 고혈을 빨아 벌어들인 돈에 비하면 독립운동에 지원한 돈은 조족지혈일 뿐입니다."

"몽양께서 어떤 뜻으로 말씀하시는지는 잘 알고 있습니다. 그러나 그가 가진 돈의 크기도 중요하겠지만, 그 돈이 임시정부에서 어떻게 쓰였는지도 중요합니다. 그가 보낸 돈이 폭탄이 되었고, 결국에는 우리 임시정부가 장제스에게 후원을 받을 수 있도록 하는 씨앗이 되었습니다."

두 사람은 회의실에서는 서로의 체면을 생각한 것인지 아니면 자신들이 나서는 게 적절하지 않다고 생각한 것인지 이 정도로 치열하게 토론하지 않았는데, 오히려 밖에서 훨씬 치열하게 대화를 주고받았다.

우린 식사를 거의 마쳤지만, 두 사람의 대화를 기록하는 기록관의 주먹밥은 아직도 반이 넘게 남아 있었다.

"두 분께서 하시는 말씀이 모두 다 우리 대한을 위한 것이라는 건 잘 알고 있습니다. 그래도 지금 이 자리에서 이 정도로 격하게 토론하는 것은 좋아 보이지 않네요. 기록관도 점심을 먹어야 하지 않겠습니까?"

두 사람은 빠르게 자신의 의견을 주고받다가 내 말에 말을 멈추고 내 근처에 앉아 자신의 수첩에 빠르게 속기하던 기록관에게 눈을 모았다.

"……괜찮습니다. 제가 하는 일입니다, 전하."

갑작스럽게 근처 사람의 눈이 모두 모이자 그 속기하던 기록관은 당황하면서 대답했다.

"예정된 시간도 끝나 가네요. 일단 점심을 다 먹고 이 주제는 다음 회의로 넘겼으니 그때 다시 한 번 토의합시다."

말을 마치고 기록관을 가만히 바라보고 있자, 그는 갑작스럽게 대화가 끊어져 당황했다.

그러다 자리에 앉은 사람이 모두 계속해 자신을 바라보고 있자 자신만 밥을 다 안 먹었다는 걸 알아채고 급히 주먹밥을 다 먹었다.

"천천히 드세요. 앞으로 해야 할 일이 많은데 몸이 상하면 안 돼요."

"커, 컥, 괜찮습니다, 전하."

기록관은 오히려 내 말이 독이 되었는지 급히 기침을 하면서 대답했다.

기록관의 식사가 끝나자 우리 쪽에서 밥 먹던 사람들이 자리에서 일어났고, 다시 대회의실로 돌아왔다.

몇몇은 화장실을 가고, 또 몇몇은 흡연을 하기 위해 흩어져, 정확히 30분이 지났을 때 다시 조회가 재개되었다.

8장

　오전 중에 이견이 있는 안건을 처리하느라 안건이 많이 쌓여 있어서 오후 내내 회의가 이어져 밤 8시가 되어서야 겨우 안건 의결을 마치고 회의가 끝났다.

　"이렇게 일을 해야 하는 사람들이 이곳에 잡혀 있으니, 일이 제대로 진행이 될지 의문입니다. 앞으로 조회는 아침 8시부터 시작해 늦어도 10시 이전에는 끝내는 것이 좋아 보이는데 어떻습니까?"

　마지막 안건인 교통국에서 주관하는 미국 보급품의 이송과 보관 분배에 대한 의결이 끝난 후 내가 참석자들을 바라보며 말했다.

　오늘은 첫날이라 의결할 사항이 많았다고 하지만, 이곳의 참석자 모두가 각각 맡은 업무가 산처럼 많았기에 제안했다.

"그게 좋을 것 같습니다, 전하."

내 뜻에 참석자 전원이 동의했고 회의를 마쳤다.

나도 오늘 바로 쉬기는 힘들고 오늘 종일 밀려 있는 업무를 처리해야 했는데, 이건 조회에 참석한 모든 참석자가 똑같은 상황이었다.

늦은 밤이었지만, 위원회관 각 사무실의 불빛은 꺼지지 않았다.

"평양은 어떻게 되었는가?"

민족 반역자를 처벌하거나 새로운 나라의 기반을 다지는 것도 중요했지만, 지금 가장 중요한 것은 전쟁이었다.

이 전쟁을 승리로 이끌어야지 우리가 상황을 주도적으로 이끌어 나갈 수 있었다.

그래서 회의를 마쳤지만, 새벽에 모였던 전쟁에 직접 관련된 다섯 사람과 미군 연락관, 통역과 기록관이 내 사무실로 자리를 옮겨 앉았다.

정무총감실은 넓었고, 사무실 내에 회의할 수 있는 탁자도 놓여 있었다.

"평양이라 소요가 있을 것으로 예상했으나, 일본인은 전부 도망가고 우리 방송을 들은 군중만 남아 우리 군을 환영했습니다. 일부 집에 남아 있던 일본인은 체포해 구금 중이며, 경성에서 도망쳤던 종로서 형사 중 일부도 평양을 우회

해 북으로 올라가려던 것을 주변을 수색하던 대한군이 발견
해 체포해 서대문형무소로 이감했습니다."

내 질문에 미군 연락관이 빠르게 대답했다.

"연합군의 작전은?"

"새벽에 결정하셨던 작전서에 알렉산더 사령관과 체스터
총사령관의 의견이 첨부되어 수정된 작전서입니다."

연락관은 한국어와 영어, 두 개로 작성된 서류를 탁자 위
에 내려놓았다.

문서를 대충 훑어보고 나서 백범이 보도록 넘겨주고, 연락
관에게 물었다.

"전체적인 흐름은 동의하지만, 세부적인 내용은 동의하지
못하겠다는 뜻이군."

"조금 더 효율적인 작전으로 변경되었습니다. 해당 작전
을 설명하기 위해 연합군 태평양 방면 미 육군사령부 작전
장교가 오고 있습니다. 5분 전에 서울역에 도착했다고 전해
왔으니 곧 도착할 것입니다. 그리고 이건 체스터 총사령관
이 보낸 전보입니다. 암호문이라 세 장을 겹쳐서 보시면 됩
니다."

그가 건넨 세 개의 종이봉투에서 종이를 꺼내자 각각 한
장의 종이가 있었다.

기름종이처럼 반투명한 종이에 의미를 알 수 없는 영어가
각각 쓰여 있었는데, 한 장만 봐서는 무슨 뜻인지 알 수 없

었다.

세 장을 겹치자 조금 넓게 쓰여 있다고 생각되던 글자 사이가 메워지며 영어를 읽을 수 있게 되었다.

"어차피 무선통신문은 암호로 주고받을 텐데 이렇게까지 하는가?"

굳이 이렇게 해야 하는 이유가 궁금해서 연락관에게 물었다.

"암호문은 적을 속이기 위한 것이고, 이건 통신병에게도 비밀로 해야 하는 문서를 보낼 때 사용합니다, 전하."

"자네도 이 내용을 모르는가?"

"그 문서는 제가 확인할 수 있는 등급의 문서가 아닙니다."

연락관의 대답을 들으며, 문서를 살피자 연합군의 작전 명령서였다.

태평양 방면 미육군 기갑부대 사령관 조지 스미스 패튼 소장의 요청으로 변경된 작전.

하나, 대한군 1사단에 대한 지휘권은 대한군 사령부에서 미육군 기갑부대로 이관한다.

둘, 대한군 1사단은 태평양 방면 미육군 1군단, 3군단과 함께 만주국 점령 작전에 참여한다.

셋, 만주국 점령 작전의 작전명은 'Ruin(몰락)'으로 한다.

넷, 미 육군 2군단은 평양 점령 이후 평양, 경성, 군산에 설정되는 해안 방어선을 대한군 1, 2사단과 함께 태평양 방면 미육군 사령관 제임스 알렉산더 중장의 지휘 아래 구축한다.

현재 태평양 방면 연합군 해군은 적군과 1차 교전 이후 아군 구축함 1척, 순양함 2척이 침몰.

적 초대형 전함 1척을 비롯해 출항한 일 해군 전함 섬멸.

항공모함 1척이 반파되어 정비를 위해 진주만으로 이동 중. 진주만에서 정비 및 보급 후 재출항 예정.

블라디보스토크의 육군 항공대가 도쿄를 사정권에 잡고 지속적인 폭격 예정. 또한, 경성에서 출격할 수 있는 비행장 시설을 지정 바람.

"이 서류를 어느 선까지 확인해도 되는가?"

연락관이 이미 알고 있는 내용이 대부분이었고 새벽에 회의했던 내용인데도 연락관은 확인할 수 없는 등급이라는 말에 위원들에게 보여 줘도 되는지 확인하기 위해 물었다.

"대한국재건위원회 관계 위원께서는 확인하셔도 됩니다."

"그런가? 그럼 지금부터 이 내용으로 회의를 해야 하는데, 자네도 알게 되지 않는가?"

"서류만 읽어 보시고, 회의는 육군 작전참모가 도착하면 그와 의논하시면 됩니다."

"알겠네. 일단 다들 읽어 보세요."

백범에게 서류를 넘겨주자 그도 잠시 문서를 확인하고, 바로 몽양에게 넘겨주었다.

몽양을 거쳐, 독리, 조성환 군사위원까지 서류를 살펴보고 있을 때, 사무실 문을 열고 얼핏 보기에는 지금까지 보았던 장군들과 비슷한 느낌이 드는 사람이 걸어 들어왔다.

40대 후반에서 50대 초 정도로 보이는 사람이었는데, 지금까지 만난 미국 장성들과 비슷한 연령대로 보였다.

"만나서 반갑습니다. 제임스 앨워드 밴 플리트James Alward Van Fleet 대령입니다, 전하."

그가 자신을 소개하고 나서 그의 어깨에 달린 계급장이 대령을 뜻한다는 것을 알게 됐다.

그 계급장을 모르는 것은 아니었지만, 그의 나이와 그가 주는 느낌이 최소 준장 이상급으로 느껴져 조금 놀랐다.

"어서 오세요. 이우입니다."

밴 플리트 대령의 인사에 자리에서 일어나 그와 악수했다.

이어 백범과 몽양, 독리, 조성환까지 인사하고 나서 그도 탁자에 앉았다.

"아침에 전투를 치르고 오시느라 고생하셨어요."

"아닙니다. 전투라 불릴 만한 일은 없어서 점령지 정비 후 알렉산더 사령관님의 명령을 받고 바로 경성으로 내려왔습니다."

"작전서는 확인해 보았나요?"

"알렉산더 사령관님과 회의를 마치고 바로 오는 길이라 연합군 총사령부에서 온 것이면 확인하지 못했습니다."

"읽어 보시고 회의를 시작하죠."

조성환이 다 읽은 작전서를 밴 플리트 대령에게 넘겨주자 밴 플리트 대령은 뒤를 돌아봤고, 대기 중이던 연락관이 전부 경례를 하고 밖으로 나갔다.

사무실에는 나를 포함한 재건위원회 소속 다섯 명과 밴 플리트 대령, 그리고 밴 플리트 대령의 통역을 맡은 최지헌과 기록관 한 명만이 사무실에 남고 다른 사람은 모두 밖으로 나갔다.

우리는 이미 최소한의 인원만 있었기에 나가는 사람 대부분은 미군이었고, 우리 쪽에서는 무명만 밖으로 나갔다.

그가 영어를 하고 말을 했다면 최지헌이 아니라 무명이 남았겠지만, 선택지가 없었다.

"일단 지금 현황부터 말씀드리겠습니다."

사람이 나간 것을 확인하고 서류를 읽어 본 밴 플리트 대령이 먼저 말을 꺼냈다.

"시작하세요."

내 허락이 떨어지자 그는 자신의 가방에서 'Top Secret'이라는 붉은색 도장이 선명히 찍힌 서류 봉투를 꺼내서 그 안의 종이를 빼냈다.

"다들 아시겠지만, 이 사항은 전부 기밀입니다. 일단 지난

밤부터 오늘 오전까지 태평양 해상에서 일본 해군과 연합군이 대규모 해상전을 펼쳤습니다. 본토에는 마땅한 방어 병력이 없을 것이라 예상했던 것과 다르게 본토에 초대형 전함한 척, 그리고 구축함 세 척, 순양함 일곱 척과 정확히 확인은 되지 않으나, 대규모의 잠수함이 대기하고 있었습니다. 일본군 무전 암호를 미해군에서 해석할 수 있어 다행히 그들의 기습전에 태평양으로 천천히 유인하며 후퇴하였고, 그 무전을 통해 상대 잠수함의 존재를 알고 대잠수함 활동까지 병행했습니다. 밤새워 세 차례에 걸친 전투를 했고, 연합군은모든 상대를 섬멸했습니다. 잠수함에 대해서는 정확하지 않으나, 최소 열 척 이상의 잠수함들이 파괴된 것으로 보고 있습니다. 그러나 잠수함의 공격으로 순양함 두 척이 침몰하고, 항공모함 한 척이 반파되는 피해를 당하였습니다."

"잠수함 때문에? 초대형 전함에 침몰당한 것이 아니었나요?"

설명 중에 일본 해군 전함에 대한 말은 없고, 잠수함에 대한 설명만 있어 물었다.

"해당 전함에도 아군의 구축함 한 척이 침몰하였으나, 전투 중 해당 초대형 전함의 치명적 결함이 발견되어 피해를 최소화하며 침몰시켰습니다. 해당 전함은 솔로몬제도에서아군 잠수함에 기습 공격을 맞고 침몰한 전함과 같은 급의전함으로 보였는데, 그 당시에는 잠수함만의 기습 공격으로 침몰시켜 해당 전함의 결함을 발견하지 못했습니다. 그런데 이번에 보니 해당 전함의 대공포의 회전 능력이 아군의 해군 함재기, 즉 기함인 엔터프라이즈함의 주력 함재기인 와일드 캣의 선회 능력을 따라오지 못했습니다. 그래서 일본 본토에서 출격한 전투기가 블라디보스토크에서 출격한 아군의 전투기와 교전하는 사이 호위를 받지 못하는 해당 전함을 빠르게 침몰시켰습니다."

"그럼 이제 동해 제해권을 점령하는 일만 남았네요."

"하지만 아군의 항모도 한 척 손상을 입었고 다른 전함들도 조금씩은 피해를 받은 상황입니다. 진주만으로 복귀해 긴급 수리 후 돌아오려면 5일 이상은 걸릴 것으로 예상합니다. 일본 본토의 전함이 침몰했으니, 호주 본토 상륙을 시도하던 일본 해군이 어떤 선택을 하냐에 따라 연합군 해군도 이동 방향이 달라질 것입니다. 그들이 돌아오지 않는다면 사할린과 홋카이도를 기점으로 보급 항로 확보와 일본 본토를 견제할 것이고, 만약 그들이 돌아온다면 그들과의 전투가 주가 될 것입니다. 어느 쪽이든 동해상 제해권을 확보하는 일은 조금 시일이 걸릴 것으로 생각됩니다. 그래서 우리 육군은 해군이 시간을 벌어 주는 사이 관동군을 격파, 중화민국과 함께 부산에서 일본으로 향하는 상륙작전을 준비할 계획입니다."

"관동군이 그리 쉽게 무너지겠습니까?"

밴 플리트 대령의 말에 가만히 듣기만 하던 조성환이 조심스럽게 물었다.

"지금 만주와 중화민국 일본군 점령 지역에서 중화민국인의 소행으로 추정되는 대규모 산불과 방화가 일어나고 있습니다. 특히 군량미를 보관하고 보급하는 보급 부대가 가장 큰 타격을 입고 있어서 보급로가 끊어진 관동군은 예전만큼 힘을 발휘하지 못할 것입니다."

이 계획은 처음부터 내가 기획했던 작전이었다. 하지만 그때와 상황이 달라진 지금 치명적인 문제가 있었다.

나는 그 문제를 지적하기 위해 손을 들어 그의 말을 중단시키고 말했다.

"해상 보급로가 있지 않나요? 아직 만주 벌판에 수확하지 않은 식량과 점령한 동남아시아에서 올라오는 물자를 끊지 못하면 그 작전은 소용이 없어요. 애초 처음 작전을 입안할 때부터 가장 중요한 것은 동해의 제해권이었어요. 동해의 제해권을 확보하고, 그를 바탕으로 서해에 일본 해군이 마음대로 드나들지 못하게 해 보급로를 차단하는 것이 목표였지요. 그런데 동해의 제해권을 확보하지 못한 지금, 서해의 해상 보급로는 모두 열려 있어요."

"초기 우리의 계획과는 조금 달라졌으나, 크게 달라진 것은 없습니다. 이 서류에도 나와 있지만, 이곳 경성의 중요성이 드러납니다. 알렉산더 사령관은 이 경성을 하나의 항공모함으로 변모시킬 생각입니다. 물론 함재기가 아닌 육군 항공대 전투기가 출격합니다. 지금 블라디보스토크에 있는 전투기와 본토의 전투기를 차례로 이곳으로 보내어 이곳에서 서해를 사정권에 잡고, 일본의 보급로를 차단할 것입니다. 이미 중화민국에서 시작한 반격 작전으로 일본의 홍콩, 광저우와 연결하는 철도 중 가장 취약했던 창사시를 뚫어 내 남중국과 북중국을 연결하는 철도를 끊었습니다. 그래서 일본이 보급하자면 상하이나 항저우를 통해 항로로 보급해야 하는데, 우리는 그 부분을 파고들어 이곳 경성에서 그곳을 폭격할 생각입니다. 또한, 이곳 경성에서 출격한 비행기는 히로시마와 나가사키도 사정권에 잡고, 지속적인 공격과 폭격을 할 것입니다. 일본에서 가장 큰 군수공장 지대가 경성에서 지척이니, 비행장만 지정해 주시면 곧바로 본토에서 수송 작전을 시작할 것입니다."

"그래서 작전서에 비행장을 내어 달라는 말이 있었군……. 어차피 지금도 실질적으로 관리하는 여의도비행장을 사용하면 되겠네요."

"여의도비행장도 좋으나, 사실 알렉산더 사령관께서는 이곳 김포의 비행장을 지정해 주시길 바라고 있습니다."

밴 플리트 대령은 지도에서 김포를 가리키며 말했다.

"김포?"

비행장은 여의도비행장만 생각하고 있었다.

김포에 비행장이 있다는 것은 알았으나 고려도 하지 않았기에 뜬금없는 밴 플리트 대령의 말에 놀라 되물었다.

　그러자 내가 김포를 모르고 있다고 생각했는지 독리가 내게 말했다.

　"여의도가 범람해 장마철에는 잠기는 경우가 많아 일본에서 건설한 임시 비행장입니다, 전하. 하지만 밴 플리트 대령, 그곳은 말 그대로 장마철에만 사용하는 임시 비행장이라 시설이 거의 없어 여의도비행장이 항공대가 주둔하기에는 더 좋을 것입니다."

　"그 부분은 알고 있습니다. 하지만 지금 여의도비행장의 활주로만으로는 폭격기가 이륙하기에 짧습니다. 김포도 짧기는 마찬가지나, 더 확장하고 추가로 활주를 증설할 땅이 있습니다. 전하와 위원회가 허가해 준다면, 우리가 김포비행장을 운영하고, 추가 확장할 것입니다. 또한, 활주로를 추가 증설하는 사이에 여의도비행장도 사용할 수 있게 허가해 주시기 바랍니다, 전하."

　"좋습니다. 다들 어떻습니까? 별다른 의견이 없으면 양쪽 모두 사용하도록 요청을 허락하는 게 좋아 보입니다."

　지금 위원회의 의사 결정 절차는 위원회에서 의논해 의결한 안건에 내가 최종 도장을 찍는 형태였다.

　정확히는 위원회 의결 후 위원장인 백범이 취합해 내게 안건을 올리면 동의하거나 거부할 수 있었는데, 거부하면 다시 한 번 안건이 위원회로 돌아가 재의결 절차를 거치는 형태였다.

내가 위원회 회의에는 참석하지만, 아직 정식 직함은 가지고 있지 않았고 의결에도 참여하지는 않았다.

대부분 사항은 이런 의결 절차를 거쳐 결정하지만, 이번 안건의 경우에는 대한군에 관련된 안건이었고 대한군에 대한 사항은 기밀 유지를 위해 위원장과 부위원장의 협의만으로 안건을 전결해 내게 보고할 수 있었기에 내 앞에 앉아 있는 두 사람에게 물었다.

"동의합니다, 전하."

내 질문에 두 사람은 빠르게 의견을 주고받고 바로 대답했다.

"정식 협정서는 실무자 선에서 협의 후 올리겠습니다, 전하."

백범의 의견을 듣고 나서 내가 밴 플리트 대령에게 말했다.

"이 시간부터 김포비행장은 미군에서 관리하고, 여의도와 김포 양쪽의 비행장을 사용하여 작전을 준비하세요."

"감사합니다."

밴 플리트 대령은 웃는 표정으로 우리의 의결에 기쁨을 표했다.

그의 보고 중에 내가 조금 마음에 걸리는 게 있어 밴 플리트 대령에게 물었다.

"그런데 본토의 해군이 얼마 안 된다고는 했지만, 남태평양의 일본군이 돌아오지 않은 것만 봐도 일본군도 본토의 해군력으로 충분히 연합군을 막을 수 있다고 판단했다고 보이는데 쉽게 제압했네요?"

일본 해군도 나름 엄청난 전쟁을 거쳐 왔고, 정예군으로 알고 있었는데 이상해서 물었다.

"저도 정확히는 알지 못하나, 미 해군 참모의 말에 의하면 일본 해군의 제독 이소로쿠가 남태평양으로 나가 있어 유능한 지휘관이 없었는지 일본군의 함대 운영이 예상보다 너무 허술했다고 합니다."

밴 플리트 대령도 확신하지는 못하는 듯 고개를 갸웃거리며 대답했다.

"이상하군요. 나름 정예 병력이고, 전쟁을 많이 거친 해군인데요."

"저희도 아직 일본군의 내부 사정까지는 정확히 알지 못하나 그들이 펼친 전술만 봤을 때는 그러했습니다. 해당 전함이 먼바다까지 연합군을 따라오지 않고 본토 근처에서 방어전에 들어갔으면 쉽게 침몰시키지 못했을 것이라고 들었습니다. 하지만 해당 전함의 강력함을 믿은 것인지 먼바다까지 따라 나왔고, 또한 일본 해군과 육군의 정보 교류가 빠르지 않았는지 일본 육군의 전투기가 전혀 호위할 수 없는 지역까지 해당 전함이 진출했습니다. 이런 상황이 되다 보니 쉽게 각개격파를 하였습니다."

"전력 자체의 문제보다는 내부 문제로 무너졌다는 것인가요?"

"연합군 지휘부에서도 같은 의견으로 보고 있습니다. 그래서 일본이 내부적으로 흔들리는 지금 더 공격을 퍼부어야 한다는 의견이 지배적입니다."

"좋습니다. 그렇다면 우리도 그 의견에 호응해야지요. 폭격 작전은 언제부터 시작되는가요?"

"본국의 허가가 떨어지고 지금 본토의 B-17 중폭격기가 알류샨열도를 통해 이동 중에 있습니다. 전하의 위원회에서 허가해 주는 대로 중폭격기가 내려앉을 수 있는 활주로 준비에 들어갈 것입니다. 또한, 연합군 함대가 사할린 앞바다로 복귀하면 그 호위를 받으며 중폭격기에 실릴 폭탄도 함께 가져올 것입니다. 본토의 중폭격기가 경성으로 들어와 첫 작전을 수행하기까지는, 비행장 정비 기간까지 합쳐 빠르면 10일 늦어도 20일 안에 대규모 폭격을 시작할 것입니다."

"20일이라……. 너무 늦네요."

"물론 그사이에도 블라디보스토크의 비행기가 여의도비행장으로 들어와 주요 일본 본토의 목표와 방공부대를 대상으로 폭격을 진행하고 일본의 대륙 보급선을 끊을 예정입니다."

"블라디보스토크에는 전투기만 들어와 있는 것으로 알고 있었는데, 전투기로 폭격이 가능한 건가요?"

조금 이상한 말이긴 했지만, 전투기에 폭탄을 매달고 가나 생각하면서 물었다.

"아닙니다. 처음 반격 작전을 구상할 때에는 방어를 위주로 구성하기는 했으나, 예상보다 빠르게 관동군이 한반도로 밀고 올 경우 폭격으로 시간을 늦추기 위해 경폭격기도 준비했었습니다. 지금 오고 있는 중폭격기만큼은 아니지만, 충분히 효과적으로 사용 가능한 폭격기가 블라디보스토크에 대기 중입니다. 북진으로 작전이 변경된 지금 블라디보스토크에서 출격하는 폭격기는 만주를 중심으로 폭격하고, 일부는 경성에 비행장이 확보되는 대로 경성으로 들어와 일본 본토를 폭격할 예정입니다."

작전을 수립하면서 미군의 모든 작전을 알고 있지는 않았고 주요 작전만 알고 있어서 이런 폭격기가 준비하고 있다는 것은 잘 몰랐다. 다만 동해 제해권을 장악한 이후에는 블라디보스토크에서 본토를 폭격한다는 계획은 알고 있었다.

"이번 첫 원산항에 내린 보급품에는 경폭격기용 폭탄이 없는 것으로 아는데, 폭탄을 원산항을 통해 추가로 들여오겠다는 건가요?"

동해상에 일본군의 해군이 많지 않다고는 하지만, 본토에 이번 초대형 전함 같은 숨겨진 병력이 또 있을지도 모른다.

독일의 U보트가 보급선을 공격하는 것처럼 일본이 소련의 보급선을 공격하게 된다면 충분히 위험해 보였다.

그래서 중폭격기의 폭탄은 연합군 함대와 함께 온다고 해서 혹시 경폭격기 폭탄도 그때 함께 들어온다는 것인지 궁금해 물었다.

만약 그렇다면 시간이 많이 늦어질 수도 있었다.

"아닙니다. 원산항은 동해 제해권 미확보로 인해 사용이 불가하고, 육로로 오고 있습니다."

보고받은 사실이 없어 독리를 바라보자 독리가 바로 대답했다.

"저도 조금 전에 보고받았습니다. 라진까지 수송차로 이송, 라진에서 기차에 실려 평라선을 통해 평양으로 오고 있습니다. 이후 경의선을 통해 경성까지 도착할 것입니다, 전하."

"벌써 진행 중이었군요."

"조금 전에 보고받아 미처 보고를 못 드렸습니다, 전하. 이미 육로로 수송 계획이 있었고, 제가 조회에 참석한 사이 부위원이 허가했습니다, 전하."

독리는 내가 자신을 타박한다고 생각했는지 급히 대답했다.

조회는 관계자가 모두 참석했지만, 긴급 상황을 대비하기 위해 부위원 중 한 명만 참석하고 다른 한 명의 부위원은 비상 상황에 대비해 사무실에서 대기하고 있었다.

"아니요. 기본적인 사항은 이미 결정했던 것이니 보고가 늦을 수도 있어요. 괜찮습니다. 일본 폭격에 관한 것은 알겠고, 몰락 작전은 어디까지 진행된 것인가요?"

"저도 방금 확인해 정확히 알지 못하나 제가 알고 있는 부분을 말씀드리겠습니다. 이 작전은 조지 스미스 패튼 소장이 작전 책임자로, 이미 만주를 향해 북진을 시작했습니다. 내일 오후면 압록강에 도착할 것입니다. 관동군이 압록강의 철교를 폭파해 압록강을 도하하는 데 조금 시일이 걸리나 도하가 완료되는 대로 가장 먼저 다롄으로 진격할 것입니다."

"관동군이? 한반도에 남은 관동군이 있었나요?"

기존 일본군의 상황으로는 대륙의 주력부대인 관동군이 이미 점령한 지 수십 년 된 한반도 안에 있을 이유가 없었고, 한반도 안에는 조선주둔군이라는 부대가 이미 주둔하고 있었다.

그리고 이번 작전을 거치며 진해항의 해군을 제외하고는 모두 와해시켜 일본군이 남아 있지 않았다.

"한반도 안에는 없고, 랴오둥반도에 남아 있던 관동군 헌병이 움직인 것으로 파악했습니다. 알렉산더 사령관께서는 관동군이 압록강 철교를 폭파한 것으로 보아 한반도로 재진입할 의도가 없다고 판단했습니다."

"한반도를 이리 쉽게 포기한다는 것이 더 이상하네요."

"아직 정확한 사항은 파악되지 않으나, 일본군 내부적으로도 많은 이견이 있는 것으로 파악되고 있습니다. 본토에서는 한반도를 기점으로 본토로 상륙할 것을 걱정하고 있고, 각 지역의 군인은 한반도 때문에 애써 점령한 지역을 다시 내어주고 또 군을 돌렸을 때 한반도처럼 점령 지역에서 소요가 일어날 것을 걱정하고 있습니다. 해군도 몇 가지 이유로 조금은 우왕좌왕하고 있는 것으로 알고 있습니다. 이번 사태가 일본군에게는 전혀 예상하지 못했던 상황이라, 어느 한쪽으로 빠르게 결정하지 못하는 것으로 보입니다."

"혼란인가 보군요."

"그렇습니다."

"혼란이 지속되면 좋겠지만…… 안 되겠지요?"

태평양 함대가 정비하고 돌아올 때까지 일본이 움직이지 않고 장고했으면 좋겠다는 게 솔직한 내 심정이었다.

"정확히 언제 움직일지는 모르나 빠른 시일 내에 움직일 것입니다."

"그렇겠지요. 논의할 사항은 그게 전부입니까?"

"아닙니다. 일단 지금 상황을 배치하겠습니다."

밴 플리트 대령은 자신이 가지고 온 가방에서 하얀색과 검은색의 체스 말을 꺼냈다.

"하얀색을 아군, 검은색을 일본군으로 표시하겠습니다. 킹은 연합군 총사령부인 엔터프라이즈함이고, 퀸은 연합군 육군 사령부입니다. 또한, 여기 나이트는 전차 부대, 비숍은 비행 부대, 룩은 해군 함대입니다. 또한, 폰 한 개는 연대, 두 개는 사단, 세 개는 군단입니다. 일단 지금 우리 군 병력과 우리가 파악한 일본군의 상황을 배치하겠습니다."

밴 플리트는 그렇게 말하고 나서, 한참 동안 서류를 살펴보며 왼쪽으로는 인도-버마 전선, 오른쪽으로는 하와이까지 나오는 아시아 지도 위에 체스 말을 여기저기 놓기 시작했다.

5분 정도 만에 아시아 전역의 연합국과 일본군의 배치 상황을 놓고 나서 긴 지휘봉을 들고 말을 시작했다.

"일단 지금 일본은 아시아 전역으로 부대가 펼쳐지다 보니 주둔군의 질은 좋을지 모르나, 병력 자체는 적은 상태입니다. 특히 이곳 주력 병력이 동남아시아로 빠져나간 만주국과 일본 본토는 무주공산이라고 표현해도 될 정도로 병력의 숫자가 적습니다. 지금까지 제국익문사의 자료와 OSS에서 입수한 일본군 내부 자료를 바탕으로 보면, 동남아시아 전선에 더 많은 병력이 있습니다. 특히 많은 훈련과 전투 경험을 가신 부내가 이곳 중화민국과 전선을 마주하고 있는 광저우, 난징, 정저우에 집중되어 있어서, 만주국 내에 있는 일본군 병력은 막 징집해 복무 경험이 1년 미만인 신병이 대다수를 차지하고 있습니다. 즉, 장교와 지휘관을 제외하면 훈련량이 적고 실전 경험이 거의 없는 부대입니다. 그래서 우리 연합

군은 패튼 소장이 처음 생각했던 신징이 아닌 관동군의 사령
부가 있는 다롄으로 진군할 예정입니다. 지금까지 파악한 정
보에 따르면 현재 다롄에는 관동군 한 개 보병 사단이 야포 1
백 문과 함께 주둔 중이며, 전차는 없습니다. 우리가 압록강
을 도하하는 데 3일이 걸릴 것으로 예상하며 다롄까지는 5일
이면 충분히 도착해 전투에 들어갈 것으로 보입니다."

"한 개 보병 사단밖에 없는 게 사실이면, 다롄 점령은 쉬
워 보이는군요."

"아직 블라디보스토크의 정찰기가 정확히 정찰하지는 못
했으나, 해군의 전함이 정박해 포를 쏘지 않는다면 야포는
아군의 전차에 전혀 위협이 되지 않아 우리의 예상대로 점령
할 수 있을 것입니다. 다롄 점령 이후 신징으로 향해 만주국
을 해체할 예정입니다. 다만 정찰 이후 해군 함대가 정박 중
이라면 다롄을 거치지 않고, 바로 신징으로 향할 것입니다.
신징을 점령하는 사이 블라디보스토크에서 출격한 전투기가
다롄에 정박 중인 함대를 파괴하고, 육군은 그 이후에 다롄
을 점령하는 순서로 갈 것입니다."

"우리의 가장 강력한 점인 기갑부대를 아끼겠다는 생각으
로 보입니다."

함께 설명을 듣고 있던 조성환 군사위원이 밴 플리트 대령
에게 물었다.

"그렇습니다. 전차가 강력하다 해도 전함에서 쏘는 함포

까지 버틸 정도는 아니고, 굳이 다롄에 가서 표적지가 되어
줄 이유는 없다는 게 알렉산더 사령관의 판단입니다."

그래도 여기 앉아 있는 사람 중 나를 제외하고는 가장 군
대에 능통한 사람이어서인지 조성환만 유일하게 질문을 계
속했다.

나도 내가 직접 군대에 복무한 경험은 그리 길지 않았고,
이우 공의 기억으로 일본군에서 10년을 넘는 군인 생활을 간
접 경험했다. 내가 직접 겪은 것도 2년이었다.

"알겠습니다. 그리고 소련군은 움직이지 않는 것입니까?
기존의 작전에서 소련 극동군이 안 움직이는 것은 알겠으나,
작전이 달라졌으니 그들도 적극적으로 진군해야 한다는 생
각이 드는데, 아무런 말씀이 없습니다."

조성환이 한 질문은 나도 궁금한 부분이었다.

소련군이 우리가 북진하는 지금 관동군이 한반도로 내려
가지 못하게 한다는 이유로 자신의 자리를 지키고 있는 건
말이 안 됐다.

"연합군 총사령관께서 직접 출병해 달라고 요청했습니다.
아직 답변을 받지 못해 소련군이 움직이지 않는 상황으로 가
정해 작전을 수립하고 있지만, 만약 소련이 국경에서 움직여
밀고 내려오면 그사이에는 국경 수비대 말고는 마땅한 부대
가 없어 우리가 다롄을 점령하고 갈 경우 신징에서 만날 것
으로 생각됩니다."

"국경 수비대와 소련군은 전력 차가 많이 나는가요?"

조성환이 말하기 시작하자 여운형도 자신이 궁금한 점을 직접 밴 플리트 대령에게 물었다.

"포와 병력의 숫자만 보자면 비교가 되지 않을 정도로 소련이 우세합니다. 하지만 참호와 곳곳에 배치된 포로 국경 수비대가 버티는 형태라면, 시간이 조금 지체될 것으로 보입니다. 그래도 9천 문의 포로 밀고 내려오면, 그리 오래 걸리지 않을 것입니다."

"신징을 점령한 이후에는 어떡할 것인가요? 설명대로라면 연합군이 만주를 점령한다고 해도 진짜 관동군의 주력부대와 맞붙는 경우는 거의 없는 것 아닙니까?"

내가 별다른 질문 없이 지켜보자 조성환 군사위원도 계속해서 전력에 대해 질문하며 회의가 진행됐다.

"우리의 계획대로 진행된다는 보장도 없고, 아직 만주국 해체 이후에 대한 정확한 작전은 수립하지 않은 상황입니다. 기본적인 기조는 만주국 지역을 연합군이 수비하지만, 주요 지역을 점령한 이후 지역을 수비하는 형식이 아닌 기동전으로 적군을 상대할 예정입니다."

그 뒤로도 한반도 내에 만들 방어 전선의 정확한 위치와 배치할 포의 위치에 대해 이야기했다.

포의 성능과 부대 이동에 대해서는 밴 플리트 대령이 전문가였지만, 그는 한반도의 지형에 대해 정확히 알지 못했다.

그 부분은 조성환과 여운형이 잘 알고 있어 서로 내용을 교환하며 방어 작전을 수립해 나갔다.

자정이 넘고 나서야 겨우 회의를 마칠 수 있었다.

"내일 오후면 평양의 알렉산더 사령관께서 경성으로 돌아오실 것입니다. 그때 이 작전을 다시 한 번 상의하고, 확정하겠습니다."

"내일이 아니고, 오늘 오후겠네요. 다들 수고하셨습니다."

내 말에 참석자들도 시계를 보고 가볍게 웃으며 회의를 마쳤다.

온종일 몸이 힘든 일을 하거나 이동하거나 하지 않고 총독부 건물에서만 있었는데도 아침에 눈뜨고부터 종일 이어진 회의가 마치 엄청난 운동을 하고 난 것처럼 몸과 정신 모두에 엄청난 피로감을 안겼다.

모두 나가고 나서 세면 후 불 꺼진 정무총감실의 야전침대에 누웠다.

조금은 불편한 침대였으나, 전날도 제대로 잠을 못 자서인지 침대의 불편함을 느낄 새도 없이 잠에 빠져들었다.

※

이틀 만에 깊고 편한 잠을 자서인지 창문으로 들어오는 햇살에 기분 좋게 일어났다.

시계를 보니 아직 7시밖에 되지 않아 조회 시간까지는 1시간이 남아 있어 몸을 씻고 천천히 조회에 갈 준비를 했다.

7시 30분쯤 되자 문을 두드리며 최지헌의 목소리가 들렸다.

"기침하셨습니까, 전하?"

"들어오게."

문을 열고 들어오는 최지헌의 손에는 신문으로 보이는 종이와 서류철이 있었다.

한반도 내에 매일신보가 있었으나, 매일신보의 기자와 편집자를 비롯한 대부분 직원은 이번 작전 때 죽거나 체포되었고 일부는 도망쳐 비어 있었기에 신문이 발행되지 않았다.

"손에 든 것은 뭔가?"

"제국익문사 사보와 간밤에 있었던 일을 정리한 보고서입니다, 전하."

"이리 주게."

사무실의 탁자로 가며 말하자 최지헌이 서류를 내게 넘겨주었다.

"사보가 벌써 발간되는가?"

"거사 일부터 매일 발간되고 있습니다. 그날 있었던 일과 위원회의 일을 중심으로 민족 의식을 고취할 수 있는 내용은 빠르게 전파하고 있습니다."

제국익문사 사보에는 전날 있었던 위원회 회의의 내용이

대부분 실려 있었다.

특히 민족 반역자에 관한 특별법에 대해 상세하게 나와 있었고, 우리 군이 평양, 수원까지 점령했다는 내용도 나와 있었다.

물론 그날 밤에 있었던 군사 회의나 비밀이 필요한 내용은 걸러져 나와 있지 않았다.

"경성에만 배포되고 있는가?"

"어제는 경성에만 배포하였고, 오늘 이 사보는 수원과 개성, 평양 등 우리 군의 점령 지역에는 전부 배포되었습니다. 원산에도 사용 가능한 윤전기를 확보해 제작 배포 중인 것으로 알고 있습니다, 전하."

제국익문사가 준비를 치밀하게 해 아직 우리가 경성을 탈환한 지 며칠 안 되었는데도 차근차근 일을 진행하고 있었다.

위원회도 처음은 알력 다툼을 걱정했는데, 생각보다 백범과 몽양 두 사람이 잘 조정하고 있는지 잡음은 나오지 않았다.

"전하, 그리고 어제 평양에서 오노 로쿠이치로 정무총감과 이항구 이왕직 장관을 체포해 경성으로 압송 중에 있습니다. 오전 중으로 서대문형무소에 수감될 것입니다, 전하."

"이항구가 잡혔다고? 그는 경성에 없다고 하지 않았나?"

경성에 있는 주요 민족 반역자에 대해서는 반격 작전 시작 전에 위치를 확인했다.

그들은 경성에서 엄청난 재물을 가지고 있었고, 거사가 일어나면 그것을 가지고 도망칠 우려가 커 미연에 차단하기 위해 파악하고 있었다.

하지만 이왕직 장관인 이항구는 궁내성에 일이 있어 일본으로 나갔다고 파악되어 아쉬워했는데, 그가 잡혔다는 소식에 놀랐다.

"정확한 것은 조금 더 조사해야 파악되겠지만, 지금 조사한 바로는 작전 당일에 일본에서 돌아와 작전 시각에 정무총감과 함께 종로에서 술을 마시고 있던 것으로 확인되었습니다. 광화문통에서 먼저 작전이 시작되다 보니 전란을 틈타 두 사람이 북으로 도망친 것으로 파악되었습니다, 전하."

"그의 아들들도 서대문형무소에 구금되어 있으니, 가족들이 오붓하게 형무소에서 모임을 하면 되겠군. 그럼 이제 조선공로자명감에 등재된, 경성에 있던 인원 중 몇 명이 남은 건가?"

한반도 안의 최고의 친일파, 대한제국 입장에서는 민족 반역자의 면면을 일본 총독부에서 책으로 만들어 편찬했는데, 우리에게는 그게 완벽한 살생부로 변모했다.

물론 제국익문사 자체에서 조사한 자료도 많이 있었지만 조선공로자명감에 오른 인물은 도주나 저항 시 즉결 처분을 해도 된다는 명령을 내릴 정도로 너무나 증거가 명명백백했다.

그 정도로 대한인을 엄청나게 수탈했거나, 한반도를 고스란히 일본에게 떠먹여 준 인물들이었던 것이다.

"대한인 353명 중 사망한 사람과 경성에 있지 않은 인물을 제외하고, 경성에 있는 28명 중 16명을 구금하였고, 8명은 도주와 교전 중 사살, 4명은 행방이 묘연해 추적 중에 있습니다. 그리고 이번 이항구가 잡히며 경성의 인원은 총 29명으로 늘었습니다. 개성과 평양, 수원은 지금 명단을 확보 후 체포하고 있어, 아직 정확한 인원이 파악되지는 않았습니다, 전하."

조선공로자명감에 수록된 사람들은 대부분 나이가 많거나 이미 사망한 사람도 많아서, 전국적으로 봐도 353명 중 실제 살아 있는 사람은 절반을 약간 넘는 181명이었다.

최후에는 전부 체포해 그들의 죄에 상응하는 죗값을 치르게 해야 했다.

"알겠네. 수고했어."

최지헌이 나가고 가지고 온 서류철을 열자 지난밤에 있었던 일들이 적혀 있었다.

특별한 일은 없었고, 경성으로 이송되어 오는 사람들에 대한 것과 미군에서 온 연락이 적혀 있었다.

대부분 전날 통보받은 내용으로, 평양의 연합군 육군 사령부가 경성으로 돌아오는 준비에 대한 것이었다.

　대충 읽어 보고 나니 조회 시간인 8시가 가까웠기에 옷을 챙겨 입고 일어났다.

9장

전날과 부위원이 다른 사람이 들어온 부서도 있었고 같은 부위원이 들어온 부서도 있었지만, 다른 참석자는 어제와 똑같은 사람들이 앉아 있었다.

전날 가장 급한 부분을 빠른 의결로 결정해서인지 전날만큼 많은 안건이 있지 않았기에 오늘은 각 부서의 중요한 현안에 대한 보고와 서로 협의해야 하는 부분에 토의하고 회의를 마쳤다.

많은 사람이 참여하는 회의이다 보니 최대한 빠르게 한다고 했어도 원래 예정했던 10시보다 조금 늦은 10시 40분에 조회를 마쳤다.

"잘 협력해 주셔서 지하동맹과 임시정부의 분들께 감사를 드립니다."

조회를 마치고 각 부서의 사람은 자기 부서로 돌아갔고, 대회의실에는 나와 백범, 몽양 세 사람과 우리와 일하는 게 자기 일인 사람만 남았다.

"몽양과 지하동맹에서 너무 많은 걸 양보하셔서 욕심낸 제가 부끄럽게 느껴질 정도였습니다, 전하."

"백범께서 이역만리에서 수십 년간 고생하셨으니, 그에 상응하는 대우를 해 드린 것뿐입니다. 오히려 우리 지하동맹 사람들을 중용해 주셔서 감사합니다."

두 사람은 내 말에 서로에게 잠시 겸양의 말을 주고받았다.

"임시정부의 사람은 얼마나 경성으로 돌아왔습니까?"

임시정부 사람들의 가족까지 지금 경성으로 데려오지는 못하고 있지만, 주요 인사들은 미국에서 배정해 준 비행기를 통해 하루 한 차례씩 들어오고 있었다.

그 덕분에 손이 부족하던 위원회에 많은 도움이 되고 있었다.

"행정부의 인원은 대부분 들어왔고, 의정원 인원과 공식 직함은 없는 원로분들만 들어오면 들어오기로 계획한 사람은 모두 온 것입니다, 전하."

백범의 원로라는 말에 홍진 전 집행위원장이 떠올랐다.

임시정부에서 한국독립당의 중앙집행위원장으로 있다가 성재의 요청으로 임시정부 인사 중 1차로 들어오는 비행기를 타고 경성으로 들어와 평리원의 재판장으로 취임했다.

그가 평리원 수장인 재판장에 적임자라는 성재의 의견에 따른 것이다.

임시정부나 지하동맹의 사람 중 유일하게 정통으로 법을 공부한 사람이었고, 새로운 대한국의 헌법을 만들어 나가는 책임자였다.

성재의 요청이 없었다면 홍진은 아직도 중경에서 경성으로 돌아오는 비행기의 순번을 기다리고 있었을지도 몰랐다.

그가 과거에는 임시정부의 국무위원을 여러 번 했지만, 중경에서 홍진은 임시정부의 고문과 한국독립당의 집행위원장이라 10여 명의 원로 중 한 명일 뿐이었다.

"그래도 임시정부의 인원이 빠르게 돌아와 준 덕분에 위원회의 급한 불이 꺼졌습니다. 인원은 지하동맹의 사람이 훨씬 많아도, 이런 서류를 작성하거나 관리하는 일을 할 수 있는 사람은 그리 많지 않습니다."

몽양은 웃으며 백범의 말을 이었다.

지하동맹이 사람의 숫자는 훨씬 많았으나, 구성원이 소위 말하는 하층 노동자와 상인이 중심이라 위원회의 일을 고사한 사람이 많았다.

지하동맹에서 위원회로 들어온 사람은 거의 전문학교의 학생과 일부 상인이었다.

특히 학생들은 가장 일선에서 뛰는 위원회의 구성원으로

들어오고, 임시정부의 사람들이 그보다 상급자로 가는 경우가 많았다.

"지하동맹의 사람들 없이 임시정부의 사람만으로는 위원회가 돌아가지 않습니다. 지하동맹의 사람들이 바쁘게 뛰어준 덕분에 위원회의 일이 순탄하게 진행되고 있습니다. 만 5천 명에 이르는 입대 지원자들의 음식과 생활을 지원할 수 있는 건 모두 지하동맹의 능력입니다."

백범의 말대로 3일 동안 경성과 원산에서 받은 입대 지원자가 만 5천 명이었다.

지하동맹에서 미리 쌀과 무기, 피복을 준비해 놓아 한 번에 몰린 입대 지원자를 모아 용산과 영등포에 마련한 임시 훈련소를 운영할 수 있었다.

백만이 넘는 경성 인구에 비하면 그리 많아 보이지 않는 숫자이지만, 여성과 노인, 어린아이를 제외하고, 20~30대의 젊은 사람이 그만큼 지원했다는 것은 절대 적은 숫자가 아니었다.

이 1만 5천 명도 원래는 지원자가 2만 명이었는데 그중에 너무 어린 사람과 나이 든 사람을 제외하고 추린 인원이라, 경성에 20~30대의 젊은 청년이라면 모두 지원했다고 해도 과언이 아닐 정도였다.

"두 분이 반목하지 않으시고 협력해 주신 덕분에 위원회가 잡음 없이 순항하는 것입니다. 두 분 모두에게 다시 한 번 감

운현궁의
주인

사드립니다."

"저희가 전하께 감사드립니다, 전하."

두 사람과 대화를 마치자 위원장인 백범은 훈련병들에게 힘을 불어넣어 주기 위해 임시 훈련소로 향했고, 몽양은 종로와 동대문으로 향했다.

재정위원인 박영규 위원이 물가가 치솟지 않게 하려고 온갖 방안을 강구하고 있었지만, 식량의 물가는 지속해서 올라갔고 사치품과 공산품의 가격은 폭락하고 있었다.

특히 정리도 하지 못하고 도망친 일본인들의 집에서 훔친 물건들이 시장으로 마구 쏟아져 나왔다.

또한 경성은행에서 발행한 화폐를 대한국의 정식 화폐가 만들어지기 전까지 계속 정식 유통한다는 내용의 호외를 뿌렸지만, 언제 화폐 가치가 폭락할지 모른다는 심리적 불안감이 만연했다.

그래서 결국 경성은행의 화폐로 식량을 사재기하려는 움직임을 완전히 차단하지 못했다.

그래서 몽양이 동대문과 종로의 상인을 다독이고, 상인들을 안정시키기 위해 직접 가는 것이다.

✺

백범과 몽양이 대회의실을 나가고 나와 연락관을 비롯한

미군, 나를 경호하는 사람만 회의실에 남았을 때, 시월이가 대회의실 문을 두드리고 들어왔다.

찬주의 지근거리에서 경호하고 생활을 도우려고 낙선재에서 머무르던 시월이가 이곳에 왔다는 게 이상했다.

"무슨 일이냐?"

"마마님의 전언이 있어 찾아뵈었습니다, 전하."

시월이가 말하면서 주위를 힐끔거리는 게 조용히 이야기하고 싶다는 뜻으로 보였다.

"조용히 대화하고 싶군요. 무명 사기만 남고, 잠시 자리를 비워 주시겠어요?"

무명은 웬만하면 내 옆에 있는 사람이었고, 그가 내가 나누는 대화 내용을 어디 가서 떠들 사람도 아니었기에 그만 남겼다.

평소에는 통역 문제 때문에 최지헌이 남았지만, 이번에는 통역이 필요 없어 무명을 지정했다.

내 말에 나와 무명, 시월이를 제외한 다른 사람이 모두 대회의실을 벗어났다.

"그래, 전언이 무엇이냐?"

"마마의 동생인 박찬범 후작이 구속되었습니다. 그래서 반민족 행위 처벌은 받겠으나, 그 수사를 불구속으로 해 주시길 청하셨습니다. 그가 일본 후작위를 가지고 총독부에서 촉탁직으로 일했고, 동창광업주식회사 취체역(이사)으로도 일했다는 부분은 모두 인정하고……."

시월이의 말이 귀에 들어오지는 않았다.

황실의 사람 중에 일부가 반민족 행위자로 구속되어 처벌받을 것이라고는 생각했지만, 아내의 동생이 엮여 들어간다고는 생각하지 못했다.

찬범을 지난 설에 만나기는 했으나 그가 정확히 어떤 일을 하고 있는지도 물어보지 않았는데, 미처 생각지 못했던 부분이었다.

"그가 체포되었는가?"

시월이의 말을 끊고 물었다.

"어제 자택에서 위원회 치안대에 체포되어 현재 서대문형무소에 구금 중입니다. 찬익 도련님께서 체포 사실을 알려왔습니다, 전하."

"무명 사기."

시월이의 설명을 들으면서 그에 대해 정확한 정보가 없다는 생각이 들었다. 그래서 무명을 부르고 바라보자 그는 내가 뭐라 말하기 전에 고개를 숙이고는 밖으로 나갔다.

그리고 잠시 뒤 손에 서류철 하나를 가지고 다시 대회의실로 돌아왔다.

"고맙네."

무명이 건넨 서류철에는 박찬범에 대한 조사 서류가 들어있었다.

그가 후작위를 받아 축적한 재산에 대한 내용과 지금 그가 받는 혐의에 대해서 빼곡히 적혀 있었다.

"내가 잠시 낙선재에 들를 것이니, 돌아가서 기다려라."

"알겠습니다, 전하."

시월이가 나가자 무명을 보고 말했다.

"오후 서대문형무소 방문 전에 낙신재에 들를 것이니 그리 준비하세요."

무명은 내 말에 최지헌을 불러들여 그에게 수첩을 보여 주며 내 뜻을 전했다.

오늘 내 일정은 오전에 서대문형무소에 들러 제소자에 대해 보고받고, 정무총감과 이항구를 비롯한 구속 수감된 총독부 고위직을 취조할 생각이었다.

총독부의 자료와 제국익문사, 지하동맹이 수집한 정보로 많은 정보를 분류하고 확인했지만, 한반도 내 일본 고위직만 가지고 있는 고급 정보가 있을 수도 있다.

총독과 20사단, 19사단 사단장, 헌병대장이 죽은 지금 한반도 내에서 일본 쪽의 가장 높은 직급의 사람은 정무총감이었고, 그에게 고급 정보를 얻어 낼 가능성도 있었다.

그래서 안면이 있는 내가 직접 그를 취조하기로 했다.

내가 알고 있는 정보도 많이 있었고, 이런 정보를 바탕으로 거짓말하지 못하게 하려는 목적도 있었다.

이 전쟁이 끝나고 나면 전후 협상장이 벌어질 텐데, 정무총감이 확인한 진술서도 확보해야 협상장을 더 유리하게 이끌어 갈 수 있다는 게 위원회와 나의 의견이었다.

"준비되었습니다, 전하."

최지헌이 준비가 되었음을 알려 와, 무명, 최지헌과 함께 위원회관을 나섰다.

위원회관 앞은 점심을 분주하게 준비하고 있었는데, 광화문통에는 경성 수복 작전을 하며 생긴 상처를 치료하는 사람들로 분주했다.

머리에 수건을 두른 노동자들이 완전히 파괴된 옛 경성 헌병대 자리의 잔해를 치우고, 곳곳에서 나오는 건축 폐기물을 정리했다.

낙선재까지 가면서 보이는 경성 거리는 흑백으로 생기 없어 보이던 이전과는 다르게 생동감이 넘치는 게 느껴질 정도로 활발하게 움직이고 있었다.

거리의 사람들의 얼굴에는 웃음 끊이지 않았다.

내가 탄 차가 낙선재로 접어들어 치안대가 경비를 서고 있는 정문을 지났다.

낙선재에 도착하자 시월이가 나와 나를 기다리고 있었다.

"마마께서는 도련님, 아기씨와 함께 후원에 있습니다, 전하."

"알겠네."

낙선재 후원이 어디를 말하는 것인지 잘 알아 발걸음을 옮기자 시월이와 무명, 최지헌도 따라왔다.

상궁 몇 명과 순찰을 하는 치안대원 몇 명을 만나고 나서 후원에 도착했다.

후원에는 이제는 많이 커서 뛰어다니는 수련이와 청이가 후원 연못에 돌멩이를 던지며 놀고 있었다.

"아버지!"

같이 놀던 오빠가 갑자기 나를 발견하고 뛰어가자 수련이는 아직도 내가 낯선지 쭈뼛거리더니 찬주가 앉아 있는 전각으로 뛰어갔다.

이제 많이 커서 들기 힘든 청이를 한 번 안아 주고, 손을 잡은 채 전각으로 다가갔다.

청이는 내 손을 잡고는 며칠간 있었던 일을 모두 말하겠다는 기세로 재잘거렸는데, 아이에게 적당히 대답해 주며 걸었다.

"오라버니, 오셨어요."

"응."

그녀의 동생을 내가 직접 한 것은 아니지만, 내가 발현한 뜻에 따라 구속시켰기에 찬주의 얼굴을 보는 마음이 편하지 않았다.

"……오라버니, 제가 무리한 부탁을 드린 것인가요?"

청이가 내게 한참을 말하다 나와 찬주의 분위기가 이상하다고 생각한 것인지 말을 중단하고, 수련이의 손을 잡고는 돌멩이 놀이를 하러 전각을 나갔다.

그제야 찬주가 조심스럽게 말했다.

"사회 지도층이라면 일반인보다 더 많은 도덕적, 법률적 책임감이 요구된다고 생각해. 처남이 잡혀 들어간 것은 나도 어쩔 수 없는 부분이야. 그리고 앞으로 정식 재판을 거쳐, 아마 장인과 장조에게 물려받은 재산도 대부분 국가로 귀속될 거야. 처남도 죄에 상응하는 죗값을 받을 거고, 찬주가 장조에게 받았던 재산도 일부 환원 대상이 될 거야. 찬주의 장조께서 행했던 일들이 대한제국에는 엄연한 반역 행위였기에, 그 부분에 대해서 찬주의 가족이라는 이유로 죄를 줄이거나 특혜를 줄 수는 없어. 미안해."

찬주의 할아버지인 박영효는 반민족 행위가 명백하게 드러나 있는 사람이었다.

그리고 찬주의 동생인 박찬범은 상대적으로 반민족 행위가 적지만, 아예 없는 것은 아니었다.

그리고 박영효가 일본에 협력한 대가로 받은 막대한 재산은 그의 손자인 박찬범에게 그대로 이어졌는데, 그 재산은 위원회에서 의결한 반민족특별법에 의거해 대부분 국가로 귀속될 것으로 보였다.

찬주에게 모든 것을 사실대로 알려 주고 앞으로의 일에 충격받지 않도록 이해를 구할 필요가 있었다.

"······찬범이는 그저 그들이 시키는 대로 했을 뿐이에요. 개가 조선인을 괴롭히거나 수탈하지는 않았어요. 오라버니가 더 잘 아시잖아요."

"미안해."

찬주를 봐서는 그를 풀어 주어야 했지만, 그렇게 되면 다른 반민족 행위자와의 형평성이 어긋났고, 다른 사람을 엄벌할 동력도 약해진다.

그리고 가장 중요한 부분인 내 신념과도 어긋났다.

"오라버니는 제가 아무런 말도 못 하게 하시네요."

"어쩔 수 없는 부분이야. 찬주의 동생이고 내 처남이지만, 지금 처남이 받은 죄목은 대한제국으로서는 용서가 안 되는 부분이야. 반민족 행위자를 전부 처벌하지 않고는 우리 아이들이 살아갈 나라를 바로 세울 수가 없어. 이해해 줬으면 좋겠어."

찬주의 얼굴을 보고 그녀를 설득하려니 오히려 더 말이 잘 나오지 않았다.

마음은 가족이든 누구든 법은 평등하게 적용되어야 하고, 지은 죄가 있으면 당연히 모든 죗값을 받아야 한다고 대쪽같이 말하고 싶었다.

그렇게 뭔가 논리적으로 그녀를 설득하고 싶었지만, 가족이 관계된 일이니 말이 논리적으로 나오지 않았고 단지 그녀의 이해를 구할 뿐이었다.

운현궁의
주인

"……죽지만 않게 해 주세요."

솔직히 확신하지 못했다.

아직 그들을 구금하고 재산을 환수한다는 것만 결정했지, 그들에 대한 정확한 처벌 수위는 정하지 못했다.

앞으로 만들어질 헌법에서 1급 반민족 행위자에 대해서는 충분히 사형에 해당하는 결과가 나올 수도 있었다.

찬주도 반역이라는 생각이 들었는지 울먹이며 내게 말했다.

"아마 처남은 사형까지는 가지 않을 테니 너무 걱정하지 마. 면회하고 싶으면 면회할 수 있도록 해 줄 테니까 면회하고 싶을 때 시월이를 통해 알려 줘."

박영효가 살아 있었다면 확실하게 1급 반민족 행위자가 될 것이었지만, 박찬범은 아직 알 수가 없었다.

지금 만들어지고 있는 반민족 행위자 처벌법에서 가장 중요하게 생각하는 부분은 인쇄물로 대한인을 선동했거나 대한인을 징집, 위안부, 정신대를 비롯해 대한인을 징발한 일이다. 이에 직접 관여한 사람은 형량이 가장 무겁게 행해질 예정이었고, 그 대부분은 사형에 준하는 처벌을 할 예정이었다.

박찬범은 총독부의 내무부에서 촉탁직으로 일했고, 후에 동창광업주식회사라는 우리나라의 광물을 수탈하는 회사에서 일했다.

지금까지 확인된 바로는 그가 직접 징발, 징집, 선동에 관여한 사항은 나오지 않았다.

그래서 찬주에게 내가 해 줄 수 있는 최선의 배려를 말했다.

"알겠어요."

내가 찬주에게 해 줄 수 있는 말은 이것뿐이었고, 그녀가 이해해 주기를 바랐다.

하지만 대답하는 그녀의 표정으로는 어떤 마음인지 알 수 없었다.

찬주를 오랫동안 위로하고 그녀를 보듬어 주고 싶었지만, 시간이 허락하지 않았다.

오전 중으로 서대문형무소에서 정무총감을 비롯한 여러 명을 취조해야 했고, 오후 2시에는 알렉산더 사령관이 경성에 도착할 예정이라 그 이후 이어질 회의에 참석해야 해 시간이 없었다.

원래라면 낙선재를 방문할 여유도 없었지만, 시월이를 통해 전할 내용은 아니라 바쁜 시간을 쪼개 낙선재를 방문한 것이다.

결국 찬주와 짧은 대화를 마치고, 다시금 서대문형무소로 향했다.

서대문형무소로 향하는 길에는 조선총독부에서 일하는 사람과 일본인을 위해 조성된 관저촌이 있었다.

사람의 활기가 느껴지던 광화문통과는 정반대로 관저촌에는 치안대만 굳은 표정으로 오갈 뿐 사람의 활기는 전혀 느껴지지 않았다.

삭막한 거리를 지나 서대문형무소에 도착하자 하늘까지 솟아 있는 것처럼 느껴지는 형무소 담장이 나를 맞이했다.

형무소 앞에는 이미 두 사람이 나와 나를 기다리고 있었다.

한 명은 중경 제국익문사에서 오가며 만났던 젊은 요원이었고, 다른 한 명은 처음 보는 중년의 남자였다.

"서대문형무소 형무소장 천일환입니다. 만나 뵙게 되어 영광입니다, 전하."

"반갑습니다. 처음 뵙는 분이군요."

"백범 위원장님의 은혜로 형무소장이 되었습니다. 임시정부에서 군무부에서 일했었습니다, 전하."

천일환이라고 자신을 소개한 그는 내 질문에도 웃으면서 대답했다.

"지금 이곳에 수용되어 있는 인원이 얼마나 되나요?"

"일제에게 수감된 인원 중 독립운동을 하다 투옥되신 분들

을 구분해 모두 석방하여, 원수감 인원은 3,200명이나 지금
은 513명의 죄수만 남아 있습니다. 361명은 기존 총독부에
의해 살인, 방화 등 죄질이 나쁜 죄를 짓고 수감 생활을 하던
사람들이고, 152명은 이번 경성 탈환 작전 이후 체포되어 수
감된 반민족 행위자들과 우리 민족을 탄압한 일본인입니다."

일본인이라고 모두 수감되는 것은 아니었고, 일부는 다른
곳에 격리되었다. 이곳 형무소로 온 사람들은 우리 민족을
탄압하는 데 직접 연관점이 발견된 사람들이었다.

"생각보다는 적네요."

152명. 적다면 적고 많다면 많은 숫자였지만, 경성에 사는
사람들의 숫자를 생각했을 때, 152명은 확실히 적어 보였다.

"지금 체포해 그 죄목을 확인하고 있는 사람은 경성형무소
에 수감되어 있어서 계속해서 늘어날 것입니다, 전하."

"이곳에 있는 사람은 그 죄가 확인된 자들이라는 거군요."

"그렇습니다, 전하."

"그럼 들어가지요. 오후에 또 일정이 있어 조금 빠르게 끝
내야 할 듯하네요."

"안내하겠습니다, 전하."

천일환 형무소장의 안내를 받아 안으로 들어가자 현대에
있을 때 방문해 본 적 있는 붉은 벽돌의 서대문형무소가 한
눈에 들어왔다.

그리고 형무소 내부에서 미세한 피 냄새와 오물 냄새가 코

끝을 찔러 왔다.

"현재 확인된 조선공로자명감에 수록된 인물은 오늘 수감된 이항구까지 17명입니다. 그중에는 여흥 민씨인 민대식 전 동일은행 두취도 수감되어 있습니다. 그의 아들과 조카도 수감되어 있는 상태이나, 아직 어리고 비교적 경범에 해당하는 죄목만 밝혀진 상황입니다, 전하."

나와 그리 가깝거나 하지는 않지만, 엄연히 따지면 사돈 관계인 사람이었다.

물론 만나 본 적도, 그가 어떤 성격의 사람인지도 몰랐다.

다만 내가 소문과 주변에서 수집한 정보로 알고 있는 것은 그는 명성태황후 민 씨의 친인척이고, 그때에 쌓은 재산과 이후 일본을 통해 쌓은 엄청난 자금을 가지고 대한인을 착취했으며 일본에 엄청난 돈을 제공했다는 것이다.

경성에서 재정적 분쟁과 금융에 관련된 민원은 민대식을 통하면 모두 해결된다는 소문이 일본인들 사이에 퍼져 있을 정도로, 금융과 관련해서는 막후에서 엄청난 권력을 휘두르던 사람이었다.

"경성에서 힘깨나 쓴다는 사람은 다 모여 있군요."

천일환 형무소장이 건넨 명단과 설명을 함께 보고 들으며 1층 수감실을 가로질러 오노 로쿠이치로가 수감되어 있는 지하 계단으로 향했다.

"과거의 영광입니다. 이제는 수감자일 뿐입니다. 특히 그

힘을 많이 가지고 있던 사람들은 지하의 독방에 수감했습니다. 이곳에서 죽어 간 순국선열에게 가장 악독하게 했던 그 방입니다, 전하."

"지하 독방이 가장 안 좋은가요?"

"이 층은 그래도 상대적으로 넓은 공간입니다. 지하의 수감실은 한 사람이 누우면 모든 공간을 차지하고 키가 큰 수감자의 경우에는 완전히 눕지 못하는 경우도 있습니다. 또한, 지하라 창문이 없고, 평소에는 수감실 안의 전등을 꺼 놔서 작은 감시창 틈으로 들어오는 복도의 빛만이 전부입니다, 전하."

"난 편안하게 누울 수 있겠군요."

일본인 중에서도 나보다 작은 키를 가진 사람은 거의 없었고, 대한인 중에서 나는 정말 작은 키에 속하는 사람이라 웃으며 말했다.

"저, 전하, 그, 그런 뜻은 아니었습⋯⋯."

농담 삼아 건넨 말에 형무소장은 엄청나게 당황하며 대답했다.

"아아, 농담이니 신경 쓰지 마세요."

당황하는 형무소장에게 말하고, 주변을 둘러보았다.

일반 범죄로 수감된 수감자는 다른 건물을 사용했기에 중앙의 가장 큰 이 건물은 앞으로 계속 늘어날 반민족 행위자만 수감하는 곳이었다.

그리고 그 1층에는 지금 잡혀 들어온 인물 중 비교적 반민족 행위가 많지 않고, 사안이 중대하지 않은 사람을 수감하고 있었다.

기준은 일곱 명, 일본이 점령했을 때에는 많게는 열 명이 넘는 사람도 수감했던 곳에 기준보다 적은 다섯 명을 수감하고 있어 상대적으로 널러 보였다.

"흠흠, 이곳을 보시면 안쪽을 모두 볼 수 있어 수감자를 전부 파악 가능한 구조로 되어 있습니다. 철창으로만 되어 있는 중화민국의 형무소에 비하면, 이곳은 작은 수의 형무관으로도 많은 숫자의 수감자를 감시할 수 있게 되어 있습니다, 전하."

형무소장은 대화의 주제를 돌리기 위해 많은 수감실 중 한 곳의 벽에 있는 감시 구멍을 가리키며 말했다.

그의 말대로 그 구멍에 눈을 가져가자 큰 사각형 깔때기 모양으로 되어 밖에서는 안쪽의 모든 모습을 관찰할 수 있고, 안쪽에서는 내 두 눈만 겨우 보이는 형태로 되어 감시를 쉽게 할 수 있었다.

그 작은 구멍으로도 사각이 없이 방 안의 모든 사람이 한눈에 들어왔다.

"용변은 어떻게 해결하나요?"

수감자들이 자리에 앉아 있다가 감시하는 틈에서 소리가 나자 일제히 내 눈을 봤다.

방 안에는 다섯 명의 수감자들이 자리에 앉아 있었고, 가재도구라고 할 만한 것은 아무것도 보이지 않았다.

"수감실 안에 따로 시설이 되어 있지 않아 용변 통을 두고 작업 시간에 수감자들이 직접 처리하고 있습니다, 전하."

딱히 그들의 수감 상황을 개선할 생각은 없었다. 지금 저 담장 밖에도 밥을 굶거나 기본적인 사람의 대우도 못 받은 사람이 수두룩했다.

그들의 돌팔매질에서 이 담장이 수감자를 지키고 있는 것일지도 몰랐다.

그렇게 복도를 지나가다 열린 감시창 사이로 한 사람의 얼굴이 눈에 들어왔다.

아주 작은 틈이었지만 한 사람의 얼굴이 눈에 띄었다.

10장

"이 문을 잠시 열어 주세요."

내 말에 나를 경호하는 무명과 최지헌이 자동적으로 내 옆으로 붙으며 혹시 모를 사태를 대비했다.

형무소장이 고개를 끄덕이자 간수 한 명이 다가와 잠금장치를 해제하고 열었다.

문이 열리자 방 안에 있던 다섯 수감자들의 눈이 내게 향했다.

나머지 네 사람은 의문이 가득한 눈으로 나를 바라봤고, 단 한 사람만이 떨리는 눈으로 나를 바라보다 고개를 떨궜다.

철컥.

"이게 누군가? 우리 자랑스러운 김태식 경부, 아 그게 아니었나? 가나자와 다이쿠라 경부가 아닌가? 그래 히로히토의 은혜로 살아가니 좋은 날이 왔는가?"

내 말에 다른 네 사람의 표정도 달라져 나를 봤다.

"저자는 일본인이 아니었습니까? 이 방은 모두 일본인이 수감되어 있는 방입니다, 전하."

형무소장의 설명을 듣고 나서 일왕의 이름이 나오자 왜 수감자들의 표정이 변했는지 알 수 있었다.

그들에게 일왕은 하늘이었고, 신이었다.

그들이 일본인이라 한국어를 잘하지는 못하겠지만, 최소한 경성에서 생활하며 들은 것은 어느 정도 할지도 몰랐다.

특히 '천황'이라는 호칭이 아닌 그의 이름을 직접 말해서 더욱 그들의 표정이 변한 것일 수도 있었다.

"비웃으러 왔나?"

김태식은 고개를 떨군 상태로 말했다.

"그래, 내가 알고 있는 경부라면 이 정도 패기는 있어야지. 어찌하다 이리 감옥에 있는지 잘 생각해 봤나?"

"나는 일본인으로서 해야 할 일을 했을 뿐 그 일이 잘못되었다고 생각하지 않아."

김태식은 떨궜던 고개를 들고 내 눈을 똑바로 바라보며 말했다.

그의 표정에는 당혹스러움이나, 당황, 부끄러움 따위는 보이지 않았다. 그는 뭔가 결심한 듯한 표정으로 말했다.

"그래, 일본인이라면 그래야 할지도 모르지. 하지만 너는 일본인이 아니지. 그리고 너는 일본인보다 더 지독하게 우리 대한인을 핍박했고 말이야. 단지 앞잡이일 뿐이야. 그들의 도구였지. 너 자신도 잘 알고 있었어. 그랬기에 더욱 대한인을 핍박했고. 네가 한 선택에 대해 뭐라 하지는 않겠지만, 선택했다면 그 선택에 책임도 져야지. 소장, 그를 독방으로 옮기세요. 종로서 고등계 경부였고, 1급 민족 반역자입니다. 아, 물론 니가 수감된 독립운동가에게 했던 짓은 잘 기억하고 있겠지? 종로서 최고의 '조선인 사냥개'니까 말이야."

독방으로 옮기라는 말에도 무표정한 얼굴을 유지하고 있던 김태식은 자기가 했던 짓을 언급할 때 살짝 인상이 찡그러지더니 사냥개라는 단어에서 얼굴이 일그러지며 두려움까지 느끼는 듯했다.

내가 독립운동가에게 했던 짓을 말하자 그가 했던 고문을 비롯한 모든 가혹 행위가 떠오른 것인지 그의 표정은 점점 두려움에 물들었다.

"끌어내!"

내 말이 끝나고 내가 방의 입구에서 비켜나자 형무소장이 말했고, 곧바로 김태식이 간수 두 명에게 구속되어 밖으로 끌려 나왔다.

"나는! 우리나라 사람을 위해! 일했을 뿐이야!"

복도에서 끌려가며 외치는 그는 큰 목소리와 당당한 단어와는 다르게 목소리가 떨리고 있어서 두려워하고 있음을 모든 듣는 사람이 눈치챌 수 있었다.

그가 외치는 우리나라가 일본인지 대한제국인지 어느 쪽인지 알 수 없었지만, 억지로 끌려가는 그의 모습 가만히 바라봤다.

"전하, 지금 이 교도소에서는 재건위원회의 결정에 따라 모든 고문실을 폐쇄하고, 일절 고문 행위를 하지 않습니다. 특히 고문 기술자들은 각각 독방에 격리해 수용한 상태입니다, 전하."

내가 김태식에게 고문할 것 같은 느낌을 주는 대화를 해서인지 형무소장이 아주 조심스럽게 내게 말했다.

"알고 있어요. 그 안건을 의결하는 자리에 저도 있었어요. 적이 비인간적인 행태를 보였다고, 우리까지 함께 짐승이 될 이유는 없지요."

형무소장에게 반은 진심이고 반은 보여 주기 위한 대답을 했다.

일본과 싸우며 어떤 면에서는 짐승보다 못한 일도 해야 했다.

가령 지금 만주와 중국에서 펼치고 있는 화공 작전 같은 비인간적인 작전도 진행하고 있었고, 앞으로 어떤 일을 더 하게 될지도 몰랐다.

하지만 지금 이 자리에서 내가 할 수 있는 말은 정해져 있었기에, 그 말을 형무소장에게 했다.

"하면 어찌 저 사람에게 그런 말을 하셨는지 여쭤도 되겠습니까, 전하?"

"인간이라는 것은 내 몸에 가해지는 고통도 무서워하지만, 그보다 더 무서운 것은 이곳 머릿속에 있어요. 내 말로 그는 앞으로 자신에게 일어날 일을 엄청나게 상상할 것이고, 고통에 사로잡히겠지요. 우리 법으로 그에게 신체적 고통은 주지 못하니, 정신적 고통이라도 주어야 우리 독립운동가들이 느꼈던 감정의 티끌만큼이라도 느끼지 않겠어요?"

"그렇습니다, 전하."

김태식이 지하로 내려가고 나서 그가 걸어간 길을 천천히 따라갔다.

1층은 비교적 밝은 빛이 들어오고 바람이 통해 밝은 느낌이었는데, 지하는 1층과 비교가 되지 않았다.

복도에 듬성듬성 켜져 있는 전구가 스산한 분위기를 연출했고, 형무소 전체에서 느껴지던 피와 오물 냄새의 진원지가 이곳이라 짐작될 정도로 강한 냄새가 분위기를 더욱 음산하게 만들었다.

"조용하군요."

1층에서는 그래도 수감실 내에서 작게나마 대화를 나누는 소리도 들리곤 했는데, 이 지하실은 침묵이라고 할 정도로 조용했다.

"지금이 낮인지 밤인지조차 알지 못하는 곳이고, 독방이라 그렇습니다. 독립운동가들이 수감되어 있을 때에는 너무 잦은 고문과 어두운 독방으로 인해 미쳐 가며 혼잣말하거나 소리를 지르는 사람이 있기는 했으나, 아직 수감한 지 며칠되지 않아 그런 일은 없습니다, 전하."

끝없이 이어지는 문을 통해 그 안의 독방이 얼마나 작은지 보였다.

문 하나와 동일한 크기의 방.

1층은 그래도 문과 벽, 감시창, 다시금 문 순으로 어느 정도 문과 문 사이에 벽이 있었지만, 지하실은 처음 몇 개의 방을 제외하고, 그다음부터는 벽은 없이 오로지 문으로만 이어져 있어 그 안이 얼마나 작은지 짐작이 되었다.

"이쪽입니다."

형무소장이 안내한 첫 번째 방에 들어가자 1층보다 큰 크기의 방이 하나 자리하고 있었다.

그 안에는 한쪽에 물이 담겨 있었을 사각 모양의 벽돌로 된 욕조와 그 옆에 온갖 피가 묻은 기구, 그리고 중앙의 탁자와 의자 두 개가 있었다.

도구와 방의 모양만 봐도 이곳이 지하의 수감자를 고문하는 고문실이었음을 알 수 있었다.

"얼굴이 많이 상했네요."

일본어로 말을 걸자 두 간수의 감시 속에 탁자에 얼굴을 박고 있던 오노 로쿠이치로 전 정무총감이 고개를 들었다.

"당신이군."

맞은편에 앉는 나를 본 오노 로쿠이치로 정무총감은 김태식처럼 놀라거나 하지 않고, 아주 차분한 목소리로 내게 말했다.

"경성에서 도망치는 길이 매우 험했나 보네요."

옷 밖으로 드러난 팔과 다리, 얼굴에는 자잘한 상처가 보였고, 그의 눈도 퀭하게 파여 있었다.

"죽지 않으려면 도망쳐야 했소. 뭐, 이렇게 잡혀 왔고 그대가 잠시 경성을 점거하고 있지만, 곧 우리 황군이 그대의 반란을 처단할 것이오."

오노 로쿠이치로, 그와 만난 기억은 그리 많지 않았다.

그가 나를 감시하는 주체 중 한 명이었지만, 그와 직접 만나는 일은 대형 행사가 전부였다.

그곳에서도 참석해 잠시 인사를 나누는 정도가 전부였다.

"관동군은 곧 전부 박살 날 것이에요."

"말도 안 되는 소리, 기습으로 경성을 잠시 탈환한 정도로 너무 자신감이 넘치는군. 지난 전승기념일에 참석하지 않는다고 했을 때 제대로 조사를 했어야 했는데, 고노에가의 말을 믿은 내 실수였어. 더는 나를 치욕스럽게 만들지 말고, 내 방으로 돌려보내 주시오."

병환을 핑계로 일본에도 돌아가지 않고, 운현궁에서만 머무르던 그때에 대한 말이었다.

내가 병으로 움직이지 않는다는 건 핑계였지만, 역시 고노에가에서 힘을 써 더는 강요하지 않은 것이었다.

병이라는 핑계가 있었지만, 천황가나 궁내성에서 강요했다면 일본을 잠시 방문해야 했을지도 몰랐다. 그러면 분명 중경으로 탈출하는 게 늦어졌을 테고 모든 게 조금씩 늦어졌을 게 뻔했다.

고노에는 내가 일본 정치에 참여하는 것이 용납되지 않아 자신을 위해 한 일이었지만, 결과적으로는 내게 엄청난 도움이 되었다.

"전쟁범죄자인 당신에게 나는 우리의 법에 따라 기회를 주려 해요. 당신이 우리 땅에서 행한 범죄를 자백, 인정하고 우리에 협조한다면, 정상참작이 될 것이에요."

"웃기는 소리."

오노 로쿠이치로는 내 제안을 듣고 비웃음을 지었다.

"이미 일본 내부적으로 정부, 해군, 육군, 황실, 귀족원까지 여러 권력 기관의 반목은 십수 년째 지속되었고, 미국을 선제공격하는 미친 짓도 시작했지요. 일본 내부에서도 잘 알고 있지만, 이 전쟁은 결과가 정해진 전쟁이에요. 전쟁이 끝 났을 때 직접적 책임이 있는 고위직 전쟁범죄자들이 멀쩡할 까요?"

"이 전쟁은 대동아의 번영을 위한 전쟁인데, 자네는 어찌 하여 서구 열강의 편에 서서 그들의 명령을 받으며 스스로 노예가 되려 하는가?"

"나는 우리 민족을 위한 길을 찾은 것이지. 그렇다면 일본 민족은 어찌하여 다른 민족을 핍박하는 것인가? 대동아공 영? 일본인을 위한 전쟁일 뿐이지 다른 민족에게는 침략일 뿐이야."

전혀 반성이나 우리에 협조할 기미가 보이지 않아 그를 자 극해 보기 위해 반말로 말투를 바꾸고, 조금 더 그쪽으로 몸 을 숙이며 윽박질렀다.

"힘이 없는 민족을 서구 열강으로부터 우리가 지켜 주려 했을 뿐이야."

"변호사였다고 들었는데, 조선의 정무총감까지 지낸 당신 이 그따위 말을 믿고 있다는 게 얼마나 자신이 멍청한지 말 해 주는 것 같군."

"일본 제국과 천황 폐하의 은혜가 아니었다면 지금 이 한 반도는 서구 열강에게 짓밟혔겠지. 우리가 있었기에 아무것 도 없던 한반도에 철도도 깔고, 도로도 깔고, 대한인들이 문 명의 혜택을 받는 것이네. 당신은 어려 이전의 대한제국을 겪어 보지 못해 모르는 것일 뿐."

오노 로쿠이치로는 비웃음이 섞인 표정으로 나를 바라봤
다.

내가 뒤를 돌아보자 최지헌이 서류 가방에서 10여 장 정도
되는 서류를 꺼내 내게 주었다.

그 서류를 받아 오노 로쿠이치로 앞에 던져 놓았다.

"문명의 혜택은 이미 대한제국 자체적으로 미국에서 전수
받고 있었지. 일본 덕분에 문명의 이기로 발전했다라…….
그만큼 개소리도 없지. 이게 보이나? 이 서류는 일본이 가져
간 우리의 인적, 물질적 자산에 대한 통계야. 물론 최소한도
로 잡은 추정치지, 실제 전수조사에 들어가면 이것보다 훨씬
많을 것이지. 우리나라를 문명의 혜택을 주었다? 아니지, 일
본은 한반도를 전쟁을 위한 전초기지 그 이상, 이하도 아니
라 생각했어. 우리 민족을 노예로 부리고, 곡식, 금과 은, 철
광석까지 모든 것을 빼앗아 갔지. 그 결과 문명의 혜택은 대
한제국 때보다 더 없어졌고, 우리 대한인은 핍박을 당했지.
한반도에서 나온 이익은 소수의 민족 반역자와 일본인이 독
점했어. 이런데도 아직도 우리 민족에게 문명의 이기를 안겨
주었다고 할 텐가?"

"수치는 어떻게 만드느냐에 따라 달라질 뿐. 나는 그만 내
방으로 돌아가고 싶네."

오노 로쿠이치로는 서류를 살펴볼 생각도 않았다.

그도 정무총감이었기에 무슨 일이 있었는지, 또 일본이 한반도에 무슨 짓을 했는지 충분히 잘 알고 있었을지도 모른다. 다만 일본의 이익을 위해 눈감았고, 협력했을 것이다.

내가 손을 뒤로 내밀자 최지헌이 다른 서류를 넘겨주었다.

"이게 지금 당신이 받는 혐의야. 이 혐의는 증거로 확인된 부분에 대해서만 작성된 것이네. 앞으로 조사하면 더욱 많은 혐의가 쏟아져 나오겠지. 1차 대전이 끝나고 빌헬름 2세가 기소되었던 것을 기억하나? 그때야 아직 전쟁범죄에 대해 처벌한다는 개념이 부족해 실제 처벌로 이어지지 않았지만, 지금 우리 연합국에서는 전후에 전쟁에 대한 책임을 묻기로 했네. 정무총감으로 이 정도 범죄를 저질렀으니, 전후 재판에서 결과야 뻔하겠군. 독방에서 심심할 텐데 이거나 차근차근 읽어 보게. 2일 동안 말미를 줄 테니 생각이 바뀌면 간수에게 말하게."

연합국 내에서 이런 대화가 오가고 있는지는 알 수 없었다.

아직 전후 재판에 대한 아무런 결정도 없었지만, 역사를 봤을 때 2차 대전 후에는 독일과 일본 양쪽에서 재판소를 열었고, 그 이외 지역에서도 전쟁 피해에 관한 전범 재판이 열렸기에 내가 완전히 거짓말을 한 것은 아니었다.

"가지."

내가 건넨 서류만 바라보고 있던 오노 로쿠이치에게 간수 두 명이 뒤에 서서 말했고, 곧 그는 그들의 손에 의해 일으켜져 고문실을 나가려 했다.

"……주시오."

아무런 말 없이 간수가 이끄는 대로 따라가다 오노 로쿠이치로가 아주 조용하게 말했다.

그의 말에 최지헌이 탁자 위의 서류를 집어 그에게 건네주었다.

"주간에는 그의 방에 불을 켜 주겠습니다, 전하."

오노 로쿠이치로가 나가고, 문밖에서 조그만 틈으로 심문하는 것을 보고 있던 천일환 형무소장이 고문실로 들어오며 말했다.

"부탁드려요."

"아닙니다. 효과적인 심문이셨습니다, 전하."

"글쎄요. 내가 잘한 것인지 확신이 들지는 않네요. 변호사로 살아와 법을 잘 알고 나름 성공한 인생을 살았던 그의 인생이 망가질 수 있다는 느낌으로 몰아붙여 봤는데, 글쎄요……. 뭐, 협조해 준다면 다행이고, 아니라 해도 그의 전쟁범죄를 입증할 자료는 충분하니까요. 다음은 누구인가요?"

"이항구 이왕직 장관입니다, 전하."

"데려오세요."

"데려오겠습니다, 전하."

형무소장이 대답하고 간수에게 신호를 보냈고, 얼마 지나지 않아 수의囚衣를 입은 이항구가 천천히 걸어 들어왔다.

"진짜…… 살아 계셨습니까?"

이항구는 고문실 입구에서 나를 발견하고는 멈춰서 놀란 목소리로 말했다.

"이쪽으로 앉으시오."

"내가 시체도 확인했고, 직접 장례까지 치렀는데 어찌……."

내 장례식을 주관하는 주무 부처인 이왕직의 장관으로 내 시체도 직접 확인했었던 이항구라 내가 살아 돌아온 것에 더욱 놀라는 느낌이었다.

비밀에 부쳐졌기에 일반인은 거의 알지 못했고 내가 죽었다 살아 돌아온 줄 모르는 대중도 많았지만, 내 대역의 시체까지 확인한 이항구에게는 조금 놀라운 일인 것 같았다.

"시체를 잘 확인했었어야지. 그래도 이항구 남작이라면 내가 아니란 것을 알아채지 않을까 조마조마했던 내가 머쓱해지는군."

입구에서 멍하니 서 있는 이항구를 간수가 살짝 밀었고, 이항구는 그제야 움직여 자리에 앉았다.

"황실의 대표로 이우 공이 위원회에 있다는 소문은 들었지만, 믿지 않았는데 진실이었습니까?"

"정확히는 내가 주도한 독립운동이오."

"불령선인과 만날 가능성이 있다는 보고는 봤지만, 대일본 제국과 천황 폐하의 은혜로 살아가는 왕족께서 어찌 이런 일을 벌이십니까? 조선 반도를 다시금 전쟁의 소용돌이로 몰아넣어 우리 황국신민을 힘들게 하십니까?"

"황국신민이라……. 그런 말을 믿고 있소?"

"대일본 제국이 아니었다면, 이 땅은 벌써 조선왕조에 의해 대중은 굶주리고, 오로지 자신만 생각하는 사대부와 민씨, 김씨, 조씨에 의해 없어졌을 것입니다. 이우 공께서는 어려 모르겠지만, 이씨왕조가 지배했던 시절부터 모든 것을 겪어 온 나는 확신하고 있습니다. 지금 이우 공께서 하는 일은 그런 은혜를 베풀어 준 대일본 제국과 천황 폐하에 대한 반역입니다. 빨리 위원회를 해산하고 천황 폐하에게 용서를 구하면, 천황 폐하께서는 용서하실 것입니다."

앞서 만났던 정무총감보다 이항구는 뭔가 느낌이 더 이상했다.

나는 그가 대한제국에 대한 반역 행위를 지속한 것은 어쩌면 자신이 가진 완벽한 신념 때문이었을지도 모른다는 생각이 들었다.

자신이 만든 논리에 자신조차 속고 있는 것인지, 아니면 그 논리를 완벽하게 믿고 그런 일을 하였는지 모르겠으나, 확실한 것은 일본인인 오노 로쿠이치로 정무총감조차 확신 없이 말하던 그 논리에 이항구는 완벽한 확신을 두고 말했다.

"재미나는군. 일본인보다 더 히로히토에게 충성하는군.

심심하면 이 서류를 읽어 보게."

아까와 같이 최지헌에게 넘겨받은 이항구에 대한 혐의가 적혀 있는 서류를 이항구에게 넘겨주었다.

정무총감과 똑같이 그 서류에는 그들이 받는 혐의에 대해 상세하게 설명되어 있었는데, 해당 혐의의 처벌 시 어떤 벌이 내려지는지에 대해 적혀 있는 서류였다.

물론 물증과 정확한 증거에 대해서는 적혀 있지 않았다. 그들이 그 자료를 바탕으로 법정에서 어떤 방어 논리를 만들어 낼지 몰라 검사의 재판 청구서에 실릴 내용 정도만 적혀 있는 서류였다.

이항구를 설득하는 것이 좋을지도 모르만, 그는 조선인이었고 일본의 기밀 정보에 대해서는 나보다 더 몰랐다.

그리고 그가 가진 확신을 보니 어쭙잖게 설득해 봐야 설득이 되지 않을 것으로 느껴졌다.

특히 그가 이때까지 했던 반민족 행위에 대해서는 이미 확보한 조선총독부의 자료와 제국익문사 지하동맹의 자료만으로도 충분히 종신형 이상의 처벌을 받을 수 있을 정도로 정보가 차고 넘쳤다.

그래서 더는 대화하지 않고 서류만 주고 그를 내보냈다.

이항구를 시작으로 사업가인 문명기, 금광 업자인 최창학, 민대식 전 동일은행 두취까지 조선공로자명감에 올라 있는 열일곱 명에게 모두 짧은 심문을 했다.

일본인 중에서도 총무과 과장 등 조선총독부의 고위직과 경무국장인 미츠하시 코이치로三橋孝一郎까지 하루 동안 각각에게 긴 시간을 할애하지는 못했지만, 짧게나마 신문했다.

특히 경무국장인 미츠하시 코이치로는 자신은 공무원으로서 해야 할 일을 했을 뿐이라며 용서를 구했고, 자신의 잘못을 말하면 정상참작을 해 준다는 말에 경무국이 조선의 경찰을 동원해 일본군 '위안부'를 어떻게 조직적으로 동원했는지에 대해 상세하게 진술했다.

또한 독립운동가를 감시, 탄압, 고문한 행위와 각 지역의 경찰서에서 어떻게 한반도를 수탈했는지도 상세하게 진술했다.

미츠하시 경무국장에 대한 내 첫인상은 한반도의 일본 경찰의 정점에 서 있던 사람이라고는 믿을 수 없을 정도로 약하다였다.

이미 수감된 며칠 동안 엄청나게 무너져 있었고, 고문실로 끌려올 때는 그가 도착하기 전부터 그의 비명과 고문실로 오지 않으려 버둥거리는 소리가 들릴 정도였다.

이미 모든 것을 체념한 듯한 미츠하시 경무국장은 자신이 알고 있는 거의 모든 것을 털어놓았다.

※

일정을 마치고 해가 진 경성을 가로질러 위원회관으로 돌

아올 때 옆자리에 앉은 무명이 처음으로 내게 먼저 자신의
수첩을 건넸다.

미츠하시 경무국장은 일전에 만나 본 적이 있는 사람입니다.
뼛속까지 경찰에 대한 자부심이 강했던 사람인데, 이 정도로
무너지리라고는 생각하지 못했습니다, 전하.

"권력의 주위에서 기생했던 사람은 그 권력이 무너졌을 때
는 자신도 쉽게 무너지는 게 아닐까요? 그리고 그는 경무국
장으로 있으며 독립운동가를 고문하고 탄압하는 데 가장 선
두에 있던 사람이니, 자신이 그런 고문을 받을 생각으로 며
칠간 지내 쉽게 무너진 게 아닐까 생각되네요."

전하의 말씀이 맞습니다, 전하.

"전하, 서대문형무소에 계실 때 사동궁에서 전갈이 왔었
다고 합니다."
무명과 대화가 끝나자 조수석에 앉은 최지헌이 말하며 작
은 편지 하나를 내게 건넸다.
"아버지께서? 누가 가져온 것인가?"
"위원회관에는 사동궁의 상궁이 가져왔다고 들었습니다.
위원회관에서는 우리 요원이 서대문형무소로 가져와 제게

전해진 것은 형무소를 나올 때 간수가 가지고 왔었습니다, 전하."

"내용은 확인해 봤는가?"

"확인하지 못했습니다, 전하."

"짐작 가는 것은?"

"없습니다. 단지 독리께 듣기로는 개성 수복 이후 의친왕 전하께서 황실의 종친 몇 분을 만나신 것으로 알고 있습니다. 그중에는 이항구의 사촌이자 충청의원을 지낸 이명구 씨도 있습니다. 그는 아직 우리가 점령하지 못한 지역에 있는 것으로 확인되었는데, 의친왕 전하께서 직접 가셔서 만난 것으로 알고 있습니다, 전하."

"이명구? 그도 민족 반역자로 분류되어 있는 사람이 아닌가?"

"그렇습니다, 전하."

"조금 빨리 가자."

차 안에는 조명 장치가 없었고, 이미 밖이 어두워 이 자리에서는 편지를 읽을 수가 없었다.

그래서 편지를 읽기 위해서는 잠시 차를 가로등 아래에 세우거나 위원회관으로 돌아가야 했는데, 위원회관이 그리 멀지 않아 운전하고 있는 요원에게 재촉했다.

11장

　위원회관으로 돌아오자 독리가 내 사무실 앞에서 나를 기
다리고 있었다.

　"다녀오셨습니까, 전하."

　"독리가 바쁠 텐데 무슨 일인가요?"

　"돌아오신다는 소식을 듣고 긴히 드릴 말씀이 있어 찾아뵙
습니다, 전하."

　"들어가서 기다리시지 왜 밖에 계셨어요."

　"괜찮습니다, 전하."

　독리와 함께 사무실로 들어오자 그가 내게 조심스럽게 말
했다.

　"주위를 물려 주실 수 있으십니까, 전하."

독리의 말에 고개를 끄덕이자 다른 사람은 모두 밖으로 나갔다. 그러나 무명만큼은 사무실 안에 남았는데, 독리도 나도 무명에 대해서는 신경 쓰지 않았다.

"이쪽으로 앉으세요. 무슨 일인가요?"

편지를 먼저 읽어 보려다 독리가 많이 급하고 중요한 내용으로 보여 편지를 탁자 위에 올려놨다.

"의친왕 전하께 온 편지입니까, 전하?"

탁자 위에 올려놓은 편지를 보자마자 독리가 말했다.

"벌써 소문이 났던가요? 맞아요."

"아닙니다. 전하에 대한 내용은 대부분 기밀이라 전해 들어 알고 있는 것은 아닙니다. 다만 1시간 전에 있었던 일 때문에 의친왕 전하의 편지일 거라 짐작했습니다, 전하."

"1시간 전에 무슨 일이 있었나요?"

1시간 전에 무슨 특별한 일이 생겼다고 들은 바가 없어 독리가 어떤 이유로 짐작했는지 알지 못했다.

"류건율 치안대장이 저를 찾아왔습니다. 의친왕 전하께서 몇 명의 황실 종친들과 함께 종로치안대로 자진 출두를 하셨습니다. 반민족 행위에 관한 법률 위반으로 처벌받기 위해 수감해 줄 것을 요청하셨습니다. 전하께서 형무소에 계셔서 지금 보류 상태로 종로치안대에 계십니다. 류건율 치안대장, 저, 또한 김구 위원장과 여운형 부위원장도 이번 일에 대해 명확한 결론을 내지 못해 전하를 찾아뵈었습니다. 이 일은 일단 기밀을 유지하기 위해 입단속은 시켜 놓은 상태입니다, 전하."

"……잠시만요."

독리가 말하는 내용은 전혀 생각하지 못했던 것이었고, 놀라운 일이었다.

내가 알기로 아버지 이강은 민족 반역 행위를 하기는커녕 일본에서도 고민거리일 정도로 독립운동에 관여했고, 상해 임시정부와 독립운동을 지지한 사람이었다.

특히 내게 지원해 준 것이나, 직접 여러 독립운동가와 교류하고 지원한 것은 독립운동가들도 절대 무시할 수 없는 수준이었다.

그런데 그런 아버지가 직접 종로경찰서, 현 종로치안대로 출두했다는 것은 쉽게 이해가 되지 않았다.

그래서 아버지에게 온 편지에 답이 적혀 있을 것으로 생각하고 편지를 열었다.

편지 봉투의 두께가 두꺼워 장문의 편지라 생각했는데, 봉투에서 꺼낸 편지는 내 예상을 뒤엎고 여러 번 접혀 있는 한지였다.

正義(정의)

의아한 마음으로 펼친 한지는 내 양손으로 벌려 잡아야 할 정도로 큰 크기였고, 그 중앙에는 정갈하면서 힘이 느껴지는 글자체로 단 두 글자의 한자만 적혀 있었다.

종이와 글자가 큰 크기였기에 내 오른쪽에 앉아 있던 독리도 충분히 무슨 글자가 적혀 있는지 보았을 텐데 아무런 말도 없었다.

"구속 사유가 되나요?"

"의친왕 전하께서 지금 받는 혐의는 없으나, 다른 종친은 어느 정도 혐의점이 있습니다, 전하."

"구속하세요. 그리고 내 아버지가 아니라 범죄 혐의자로 공명정대하게 조사하고, 우리의 헌법대로 죄를 집행하세요."

짧은 글이었지만, 의친왕이 무슨 의도로 내게 이런 문장을 보내고 치안대로 향했는지 충분히 짐작이 갔다.

내가 이번 반격 작전의 중심이고 나는 황실의 사람이다.

대한제국이 없어진 건, 세도정치나 민씨 집안의 득세 같은 내부적 요인과 국제 정세, 제국주의의 팽창 같은 외부적 요인도 있지만, 가장 일차적으로 조선 왕조와 대한제국 황실이 제대로 대응하고 힘을 키우지 못했기 때문이다.

그래서 황실의 사람인 내가 지금 재건되는 대한국의 중심에 서 있는 것에 반감을 품은 사람도 있었다.

가장 큰 세력으로 노동자와 농민을 위하며 만인 평등을 주장하는 공산당이 있었고, 그 외에도 많은 세력이 황실 사람인 나를 좋아하지 않았다.

특히 대한제국이 망하고 황실 종친 중 일부는 일본에 충성하며 재산과 권력을 불려 갔고, 민중이 고생 중일 때 황실은 일본의 전략적 융화정책으로 여전히 좋은 대우를 받으며 살았기에 나를 제외한 황실에는 노골적으로 반감을 드러내는 사람도 많았다.

그런 여론을 잘 알고 있던 의친왕은 자신이 먼저 나서 치안대에 자진 출두해 죄를 물어 주기를 청하고 있었다.

정의, 단 한마디의 말이었지만 아버지 이강의 뜻이 모두 내게 전해졌다.

"하오나 법대로 한다고 해도 의친왕 전하께서는 구속 수사를 받으실 분이 아닙니다. 의친왕 전하께서 받으시는 혐의점은 단 하나입니다. 이왕직에서 매달 나오는 생활비로 생활하셨다는 것이 전부입니다. 볼모의 입장이었고 상해로 탈출하시려 했던 전력을 비롯해 독립운동가를 후원하는 등 지금까지 모든 행동을 고려할 때, 의친왕 전하께서는 아무런 죄가 없으시다는 게 치안대와 법무부의 소견입니다. 그래서 체포 명단에도 들어 있지 않습니다, 전하."

"구속하세요. 혐의점이 나오지 않고, 정식 재판에 가서 결과가 나오는 것은 그때의 일이에요. 지금 아버지를 구속함으로써 다른 종친들의 반발을 막고, 혐의점이 있는 인물을 모두 구속 후 처벌해야 해요."

"알겠습니다, 전하."

독리는 똑똑한 사람이었기에, 많은 설명을 하지 않아도 내 말이 무슨 뜻인지 충분히 알고 지시할 사람이었다.

그래서 간단한 설명으로 아버지와 내가 어떤 목적으로 행동하는지 알렸다.

"용무는 그게 전부인가요?"

"아닙니다. 일전에 보고드린 적 있는 대구의 오구라 다이노스케를 비롯한 각 지역에서 우리 문화재를 수집했던 인물 일곱 명 중에 일본으로 빠져나가려는 기미가 보이는 사람이 있어 한 명을 사살했고, 네 명은 신병을 확보해 각 지역의 안가에 구금 중에 있습니다. 두 명은 수원과 개성에 머무르던 사람들로, 수집한 문화재를 미처 빼돌릴 틈도 없이 몸만 빠져나간 상태라 제국익문사 요원 몇 명을 파견해 보관 중이던 문화재를 확보한 상태입니다. 작은 것은 각각 근교의 창고로 옮겨 보관 중이고, 건물과 대형 불상 같은 큰 크기의 물건은 기존의 자리에 두고 훼손이나 도난이 발생하지 않게 보호 중입니다. 개성과 수원에 지역 치안대가 만들어지고 나면 관리, 이관해 보호할 것입니다, 전하."

"한 명은 사살했다고요?"

"사살된 사람은 함흥의 다나카 지로田中二郎라는 인물로, 함흥에서 광산업과 운송업을 했었습니다. 문화재를 일본으로 유출하려 해 구금을 시도했으나, 해당 자택에서 강한 저항으로 교전이 발생했고 사살하였습니다. 다나카 지로가 가족을 먼저 만주국으로 보내고 자신이 운영하던 운송 회사의 배로 문화재를 일본으로 옮기기 위해 준비하다 우리와 교전이 발생했습니다, 전하."

"문화재에 손상은 없었나요?"

"그가 모아 왔던 것은 주로 조선 시대 서책이었는데, 교전 중 훼손은 발생하지 않았고, 지금 지하동맹의 도움으로 경성으로 가져오고 있습니다. 수집한 서책은 추사의 글과 서책, 다산의 서책 등 특정 정파를 가리지 않고 다양했습니다. 그리고 내용을 확인하다 알게 된 것인데, 고려 때와 또 그 이전에 발간된 것으로 보이는 불경도 있었고⋯⋯."

독리의 말을 듣다 고려 시대의 불경이라는 말에 급히 그의 말을 끊었다.

"잠시만! 고려 때의 불경요? 혹시 그중에 직지심체요절이란 책이 있나요?"

이 시대에는 두 책의 이름을 알고 있는 사람이 거의 없었지만, 내가 미학과 학생으로 학교에 다니면서 수십 번은 넘게 들었던 내용이었다.

특히 미학과 교수님 중 나를 이 시대로 보내는 데 큰 역할을 한 유홍준 교수님이 직지심체요절에 대해 수십 번도 넘게 이야기하셨었다.

우리 활자 인쇄 기술의 우수성을 알릴 수 있는 그 책이 프랑스에, 그것도 하권만 있는 것에 안타까워하셨는데, 고려 때의 불경이라는 말에 바로 독리에게 물었다.

그 하권도 이 시대에서 불과 몇십 년 전에 프랑스 공사가 구매해 가져간 것이었고, 우리나라의 문화재가 엄청나게 소실되는 한국전쟁과 태평양전쟁 말기가 되기 전이었기에 혹시나 하고 물었다.

"정확한 책 이름까지는 확인하지 못했습니다, 전하."

독리는 불경에 관해, 그것도 이름도 생소한 책을 물어보니 잠시 당황했다.

"상하 두 권으로 되어 있는 책입니다. 그 책이 발견되거나, 아니 그 책이 아니라도 고려 시대 만들어진 필사본의 책이 아닌 인쇄한 고려 시대 책은 모두 귀중히 보관하세요."

금속인쇄와 목판인쇄의 확인은 지금 우리의 연구력으로는 불가능했고, 조금 더 발전된 기술을 가지고 있어야 했다.

그래서 일단 많은 책을 보관하는 것이 중요했다. 그 책 중에서 어떤 보물이 나올지 모르는 일이었다.

"알겠습니다, 전하."

"계속해 주세요."

고려 불경으로 잠시 끊어졌던 보고를 다시 하게 했다.

"네, 아까 드리던 말씀을 계속 드리면, 고려 불경이 발견되었고, 또한 오대산 사고에서 유출된 것으로 보이는 의궤儀軌도 다량 발견되었습니다. 그리고 정확한 편찬 시기는 확인되지 않으나, 훈민정음 해례본訓民正音解例과 훈민정음 언해본

訓民正音諺解本도 발견되었습니다, 전하."

"수십 개의 보물이 일본인 손에 있었네요."

"일본인 중에 우리 선조의 유물에 관심을 가지고 사들이는 사람이 많았고, 그런 유물을 보유하고 있던 후손이 경제적 어려움을 겪어 판매한 것, 돈을 노린 도굴꾼에 의해 도굴되어 판매된 유물이 많습니다. 아마도 다른 사람들의 집에서도 이 정도 귀중한 자료들이 많이 발견될 것으로 사료됩니다, 전하."

"우리 후손들에게 물려주어야 할 귀중한 유산입니다. 조심히 확보하세요."

"과거 규장각에서 사고를 관리하던 기술을 가진 사람을 찾아냈습니다. 저와는 대한제국 때부터 친했던 인물인데, 지금 경성 근교인 양주에 사찰을 하나 확보해 그곳에 모든 서책을 보관해 관리할 예정입니다. 지금 경성으로 오고 있는 책은 그곳으로 보내져 규장각에서 했던 보관 방법과 동일하게 조심히 보관하겠습니다, 전하."

"이미 많은 준비를 하고 있었군요."

귀중한 유산이라 당부하면서도 아직 마땅한 대책을 미리 생각하지 않았던 나와 다르게 제국익문사는 문화재를 보관하기 위해 체계적으로 준비 중이었음을 독리의 말로 알 수 있었다.

"문화재는 전하께서 강조하셨던 부분이라 철저히 준비했

습니다, 전하."

"좋습니다. 교통국 일은 할 만하신가요?"

독리와 독대하는 일이 거의 없어서 오랜만에 앉아 물었다.

"노익현 부위원도 있고, 부서에 제국익문사의 요원의 숫자가 많아 제국익문사 때와 그리 다르지 않습니다. 교통국이긴 하나, 아직 물류 운송이나 교통에 관한 것보다는 정보 업무가 가장 큰 업무입니다, 전하."

"지금 상태라면 정보부 아래에 교통국이 있어야 하는데 이름을 잘못 지었군요."

"앞으로 더 지나게 되면 달라지겠지만, 지금은 전하의 말씀이 맞습니다, 전하."

"다른 요원들은 잘 적응하고 있나요?"

"제국익문사 요원들은 처음 선발할 때부터 유능한 인재 중에서도 고르고 고른 사람들입니다. 중경에서 선발하며 그 기준을 조금 완화하기는 했어도, 그들도 유능한 요원이니 충분히 잘 적응할 것입니다, 전하."

"부산항은 아직 조용한가요?"

"아직은 조용합니다. 우리가 부산까지 밀고 내려올 것이라 생각하지 못하는지, 부관연락선을 통해 빠져나가는 사람이 일부 있기는 하나 개성이나 수원이나 평양처럼 대규모로 빠져나가지는 않고 있습니다. 다만 경성의 소식이 퍼지면서 지하 동맹에서 진행하고 있는 대규모 저항 운동 준비에 힘이 조금씩 실리고 있습니다, 전하."

"그 작전은 전에도 들었는데, 민간을 위주로 한 작전을 하게 되면 옛날 일본에게 희생된 민중처럼 엄청난 희생이 발생할 수 있어요. 나는 그때와 같이 그리 끌리지는 않는군요."

경성, 원산에서 했던 작전이 성공하고 수원, 개성, 평양을 수복한 것은 군대라는 힘이 있어서였다.

그렇기에 민간인이 싸울 생각을 하지 않고 도망치듯 빠져나갔지만, 이 네 곳은 달랐다.

적은 병력이지만 해군도 있고, 무장한 경찰도 있다.

그리고 지금 상황으로는 우리 군이 그곳까지 전선을 확대할 수 없어 군의 지원을 받지 못하는 상황에서 거사를 일으켜야 해 민간의 피해가 우리가 예상을 벗어날 수도 있었다.

"쉽지 않을 것으로 예상합니다. 하지만 진해의 해군과 부산 안에 있는 일부 경찰 병력이 전부여서 요원의 여유가 생기면 파견해 거사를 일으킬 예정입니다. 이 부분은 여운형 부위원장도 동의해 준비 중에 있습니다, 전하."

"부산, 대구, 광주였나요?"

"목포도 있습니다. 네 지역을 장악하면 한반도 남쪽을 모두 장악할 수 있습니다, 전하."

"이건 군사 회의에서 정식으로 논의하죠. 위원회에서 공식으로 진행하는 작전이 되지는 못하겠지만, 김구 위원장과 조성환 군사위원의 의견도 들어 봐야 해요."

"아직 완벽한 준비를 마치려면 2주 이상의 시간이 소요될 것입니다. 중경에서 임시정부의 사람이 들어오기는 했으나, 업무에 적응하는 데 시간이 필요하고, 어느 정도 적응되는 4~5일 뒤부터 요원이 각 지역으로 내려가 준비를 시작할 것입니다. 이 문제에 대한 논의는 요원이 내려가기 직전에 상정하시는 게 어떻겠습니까, 전하?"

"그렇게 하지요. 일단 작전을 시작하지 마시고 준비만 해 주세요."

"알겠습니다. 그리고 혹시 조선어학회라는 단체를 알고 계십니까?

독리는 자신이 가져온 서류를 넘기며 내게 말했다.

조선어학회, 주시경 선생 그리고 '우리말 대사전' 등 일제 강점기에 우리말과 글을 보호하고, 유지하기 위해 운영된 단체로 나도 알고 있었다.

"알고 있습니다. 작년에 체포되어 재판 중이지 않았나요? 지금쯤이면 석방되었겠네요."

석방되는 인원을 모두 내가 파악하고 있지 않아 확신 없는 말투로 독리에게 대답했다.

"그렇습니다. 그들은 경성이 아닌 함흥에서 체포되어 작년부터 올해까지 관계자가 기소되어 있었고, 함흥검사국에서 기소해 함흥에서 재판이 진행 중이라 함흥형무소에 수감 중이었습니다. 함흥 점령 이후 오늘부터 독립운동가와 사상범, 일반 죄수를 구분해 석방에 들어갔습니다. 그중에는 조선어학회 사건으로 구속 수감되었던 인물도 확인돼 전원 석방되었습니다."

"다행이군요. 억울한 옥살이가 있어서는 안 되지요."

잘못된 옥살이였고 그들이 석방되었다는 것은 축하할 일이었지만, 지금 독리가 왜 내게 이런 말을 하는지 알지 못해 그를 가만히 바라보며 대답했다.

"석방된 조선어학회 소속의 사람 중 일부가 지금은 보급품 운송으로 일반 여객 운송이 중단된 평라선을 이용하기를 요청했습니다. 그들이 밝힌 이름은 최현배, 이윤재, 이극로 이세 사람이었습니다. 그중 조선어학회 간사장이라 밝힌 이극로는 자신의 경성 이동과 전하와의 만남을 요청해 왔습니다, 전하."

이 말까지 듣고서야 왜 이런 말을 하는지 알 수 있었다.

그들이 나를 만나기를 요청하지 않았다면 독리가 알아서 탑승의 가부를 결정해 통보했을 텐데, 이극로가 나를 만나기를 청해서 내게 말하는 것이다.

지금 경성을 비롯해 여러 지역에서 나를 만나기 위해 요청을 했지만, 대부분은 위원회 자체에서 그들을 만나 말을 듣고 전달하였다.

그런데 독리가 조선어학회가 나를 만나 할 말이 중요하다고 생각해 내게 직접 전하는 것 같았다.

"이유는 무엇인가요?"

독리가 내게 그들 요청을 전하게 한 판단 이유를 물었다.

"정확한 것은 확인하지 못했지만, 지금까지 확인한 것을 바탕으로 제가 생각하기에는 말모이 운동을 시작으로 조선어학회에서 한글에 대한 연구와 사전 편찬 작업이 진행되었고, 그 부분을 전하께 요청하기 위해 만남을 청한 것으로 생각됩니다, 전하."

"그것을 내게 전하는 건 독리 생각에는 만나 볼 필요가 있다는 것이군요."

"국민의 정신에서 중요한 부분이 언어입니다. 그래서 일본도 우리 언어를 없애려 노력했습니다. 이 부분은 조선어학회에서 상당 부분 진행해 사전 편찬을 준비하고 있었으니, 그들을 만나 그들의 말을 들어 보시는 게 좋아 보여 말씀드렸습니다, 전하."

"교통국에서 그들이 경성으로 올 수 있게 도와주시고, 사전 편찬이라면 어느 부서에서 담당하나요?"

지금 우리 위원회의 구성에서 교육을 담당하는 부서는 없었다.

경성의 학교도 수복 이후 모두 임시 휴교인 상태였다.

독리에게 말하고 나서 이런 위원회의 상황이 떠오르니 우리 위원회가 일본과의 전쟁을 위해 모든 게 집중되어 있을 뿐 다른 것은 아직 시작도 못 했다는 게 새삼 느껴졌다.

"……현재 내무부 아래에 교육과가 있기는 하지만, 아직 사람이 부족해 업무를 시작도 하지 못한 상태입니다, 전하."

"그들을 우리 위원회로 끌어들이는 것도 좋을 것 같네요. 사람이 부족한 우리 위원회에 큰 도움이 되겠어요. 일본강점기에도 조선어학회를 만들고 교육 계몽을 위해 노력했고 이미 그 일을 해 왔던 사람들이니 적응도 빠르겠네요."

"위원장, 부위원장에게 말하겠습니다, 전하."

"아니에요. 내일 조회에서 내가 직접 말하죠. 그들도 경성에 오면 시간 맞춰 만나기로 하지요."

"전하의 말씀대로 준비하겠습니다, 전하."

"안 그래도 업무가 많을 텐데 미안하네요."

"아닙니다, 전하."

독리가 나가고 나서 최지헌이 들어와 미군 연락관이 기다리고 있음을 알려 왔고, 내 허락이 떨어지자 그가 바로 들어왔다.

종일 서대문형무소에서 취조를 하느라, 위원회의 일이 많이 밀려 있었다. 내가 직접 결재를 해야 하는 서류들도 이미 내 책상 위에 쌓여 있다.

"어서 오게."

"안녕하십니다, 전하."

미군 연락관의 인사를 받고, 탁자 위에 쌓여 있는 서류 중 미군에서 올린 서류를 살펴봤다.

"일본이 움직이지 않는다고?"

서류에 본토의 일본 육군이 아무런 움직임이 없다고 적혀 있어 그에게 물었다.

"태평양에서 벌어진 전투에서 일본의 전함이 침몰했는데, 그 내용을 육군은 모르는 것으로 보입니다. 우리 군이 수집한 일본군의 통신 암호문을 보시면 일본 육군은 우리 군이 격퇴되었다고 알고 있으며, 본토의 육군이 한반도로 진입할 준비를 하고 있습니다, 전하."

일본 육군과 해군의 반목이 심각하다는 것은 익히 들어 잘 알고 있었는데, 동경이 바로 타격받을 수 있는 지금에도 제대로 된 정보 교환이 이루어지지 않는 것은 내 예상을 훨씬 뛰어넘었다.

"일본 해군 분위기는 어떤가?"

"태평양 연합해군의 정확한 피해 정도는 확신하지 못하나, 연합해군이 빠르게 본토 진입을 하지 않고 홋카이도의 해병대도 위치 고수하고 있어서, 연합해군도 치명적인 피해를 당해 본토 진입을 안 한다고 예측하는 것으로 파악되었습니다, 전하."

"혹시 우리가 그들의 통신문을 해석할 줄 안다고 파악한 게 아닌가?"

우리가 암호문을 해석할 줄 안다고 파악안 후 교란 신호만 주고받는 것이 아닌가 생각해 물은 것이었다.

"암호문을 해석한다고 파악했다면 다른 형태의 암호문 통신이 이루어져야 하는데, 다른 무선통신은 파악되지 않았습니다. 특히 동남아시아의 섬에 있는 해군, 육군이 서로 연락할 방법은 직접 전달하는 것과 무전밖에 없는데, 직접 전하는 모습은 전혀 확인되지 않았습니다. 여러 곳에 군대가 퍼져 있어 연락하고 있다면 어느 한 곳에서라도 확인되어야 하는데, 확인되지 않는 것으로 보아 아직 우리가 그들의 암호문을 뚫었다는 것을 확인하지 못한 것으로 예측됩니다, 전하."

"그 말이 사실이면 왜 솔로몬제도의 해군이 본토로 돌아오지 않는 것인지 파악되었나?"

연락관과 대화하면서도 내 손에 있는 서류를 확인하고 있었는데, 아무리 생각해도 솔로몬제도의 해군이 움직이지 않는 게 께름칙했다.

그들이 호주로 진격하거나 본토로 돌아오는 선택 중 하나는 해야 하는데, 서류상으로는 솔로몬제도에서 아무런 움직임도 보이지 않아 이상했다.

"연합군 내에서도 여러 의견이 있기는 한데, 우리 군이 타격을 입어 이른 시일 내에 일본 본토 침공을 하지 못할 것으로 생각하는 듯합니다. 그래서 오스트레일리아 침공을 솔로몬제도에서 준비하고 있는 게 아닐까 생각됩니다, 전하."

"그럼 우리의 작전과는 틀어지는 것이 아닌가? 미국에서

영국을 설득할 때 일본 해군이 오스트레일리아로는 절대 들어가지 못하게 한다고 장담하지 않았나?"

"그래서 진주만의 태평양 연합해군이 기존 계획보다 앞당겨 본토 침공을 진행하는 것을 논의하고 있습니다. 솔로몬제도가 일본군 손에 떨어진 지금 우리가 적의 뒤로 가서 전투를 치르는 것보다는 본토를 장악하는 게 우리 군에 유리하다는 판단입니다. 그래서 미드웨이해전 때와 같이 피해를 당한 전함과 항공모함을 기동 가능한 정도로 수리 후, 일본 본토 침공을 위해 이동하며 최종 수리를 할 예정입니다. 또한, 본토에서 건조 후 시험 중이던 전함을 모두 군에서 인수해 출항하기로 결정했습니다. 아직 무기와 성능이 완벽히 시험되지는 않았으나 그래도 이전에 실전 투입된 같은 등급의 함대가 정상 운영 중이고, 지금까지 시험에서 결함이 발견되지 않아서 조금 이르지만 투입을 결정했습니다. 이들은 연합군 본함대에 합류해 직접 전투하기보다는 육군 보급선을 호위하며 숫자를 늘리는 역할을 할 예정입니다. 이미 호위를 하는 전함이 있으나 임시로나마 전함을 투입해 숫자를 늘리면 조금이라도 안전할 것이라는 판단에 연합해군 지휘부와 육군 지휘부가 동의했습니다. 또한, 우리 해군이 지금 논의 중인 작전대로 본토를 공격하면 일본 해군도 본토가 직접 타격을 받는 상황에서 돌아오지 않을 수 없다는 게 연합해군 지휘부의 판단입니다. 전하."

"잘 진행되었으면 좋겠군."

"지금 일본 본토에는 소형 전함만 있는 상태여서 솔로몬제도의 함대가 움직이지 않는다면 우리 함대를 막지 못할 것입니다, 전하."

"해군은 내가 도움을 줄 수 있는 일이 없어 미안하네."

대한군에는 소형 전함은커녕 보급선조차 없는 상황이라 해전의 모든 사항을 미국에 의지해야 했다.

우리가 아무런 도움을 줄 수 없어 미안한 감정이 들었다.

"해전은 처음부터 우리 미군이 전담하기로 했던 사항입니다. 또한, 서류를 보시면 패튼 중장이 이끄는 2군단이 오늘 압록강에 도착, 강 도하를 위한 준비에 들어갔습니다. 또한, 라남에서 출발한 대한군 1사단도 낭림산맥을 넘어 내일 새벽 중에 2군단과 합류할 예정입니다, 전하."

한밤중에도 이동하고 있을 1사단과 곽재우 장군에게 미안한 마음이 들었지만, 최대한 빨리 미군 2군단과 합류해 도하해야 했다.

연락관의 말을 들으며 대한군의 움직임에 대한 서류를 확인하자 평양을 점령한 대한군 2사단과 미군 1군단은 경성을 지나 남쪽으로 이동해 지금 수원 근처에 도착해 휴식을 취하고 있었다.

김원봉 사단장이 이끄는 3사단도 각 지역의 무장을 해제시키고, 치안을 유지하면서 남쪽으로 진군 중이었다.

"아침에 알렉산더 중장이 평양 쪽의 해안선을 점검하고 내려온다고 해 늦는다고 들었는데, 지금 어디쯤 오고 있나?"

원래 오늘 만나 앞으로 작전에 대해 논의할 예정이었는데, 새벽에 온 전보로 해안선을 검토한 이후 내려온다는 전갈로 논의 계획이 취소되었었다.

"남포와 장연, 웅진, 해주, 연안군을 거쳐 개성에 도착했습니다. 내일도 김포와 인천의 해안선을 확인한 이후 경성으로 올 예정이라, 내일 오후 늦게나 되어야 경성에 도착할 것으로 생각됩니다, 전하."

"그 많은 지역을 직접 눈으로 확인하고 있다고?"

해안선에 대한 자료는 위원회관에도 일본이 수집한 것이 많이 남아 있었고, 몽양이나 지하동맹의 사람 중에서도 잘 알고 있는 사람이 있었는데도 직접 확인한다고 해서 놀랐다.

해안선을 확인한다고 들었지만, 대동강 하구의 남포나 한강 하구의 김포같이 강을 거슬러 올라올 수 있는 지역만 확인한다고 생각했는데, 전 해안선을 훑어보면서 내려온다고 해 놀랐다.

"알렉산더 중장의 성격이 본인이 확인해야 하는지라 그렇습니다, 전하."

"꼼꼼한 사람이군. 오늘 경성에서 첫 경폭격기가 출발했다고 적혀 있는데 상황은 어떤가?"

"일단 우리가 점령할 계획이 없는 목포항에 1차 폭격을 가해 접안 시설을 파괴했습니다. 내일은 진해항의 방어 정도를 파악하고, 진해항의 접안 시설을 파괴할 예정입니다. 그 이후 부산항과 일본 본토의 나가사키의 공장 지대를 폭격해 무력화시킬 예정입니다, 전하."

"부산항의 폭격은 모래부터 시작되는가?"

"일본 해군의 진해항의 결과에 따라 진행될 것입니다. 혹시 진해항의 방공 능력이 우리 예상을 상회해 우리가 피해를 당하면 전력을·최대한 아끼며 일본 본토의 군수공장을 위주로 폭격할 예정입니다, 전하."

오늘 독리에게 보고받은 일이 있었고 내일 조회가 끝나고 군사 회의에서 논의할 예정이라, 혹시 부산이 우리 수중에 떨어지면 굳이 폭격을 하지 않아도 되지 않을까 생각했다.

"우리 쪽에서 준비하는 작전이 있네. 내일 군사 회의에서 알려 줄 테니, 그때 부산항 폭격에 대해서도 함께 논의해 보지."

"알겠습니다, 전하."

지금 연락관에게 말해 줘도 되지만, 아직 부산항 폭격은 시간이 있으니 내일 오전 회의에서 위원장과 부위원장, 군사위원에게 한 번에 말하기로 했다.

원래 독리와 말한 대로 준비가 완벽히 끝나는 며칠 뒤에 작전을 알려 줄 생각이었으나, 부산항 폭격이 예정되어 있는 지금 우리가 준비하는 작전이 있으니 모든 것을 고려해 폭격을 결정해야 했다.

　적의 침투를 어렵게 하기 위해 폭격을 하는 것도 좋지만, 우리 땅의 기반 시설을 파괴하면 결국 후에 우리 돈과 노력으로 복구해야 했다.

　그래서 조금 신중하게 폭격하려 했다.

다음 권으로 이어집니다

운현궁의
주인

중걸 신무협 장편소설

일평

본격 실존 무협!
숨겨져 있던 진짜 영웅이 온다!

명 말, 무적함대로 대해의 해적들을 휩쓴 **칠해비룡!**
철마류로 천하를 경동시킨 그의 실체가 드러난다!

지각한 부하들 빡 세게 굴리기
과부가 된 상관의 딸 보쌈해서 구해 내기
수많은 무인을 벤 흉적 생포
흉악한 간웅의 마수로부터 복건 무림 구하기

고강한 무공과 원대한 꿍꿍이(?)를 감추고
평범한 척 살아가던 일평
소박하게, 되는대로 살던 그의 삶이
새해를 맞아 모험으로 뒤덮이는데……

사소하고, 괴상하고, 거창한 문제들
무엇이든 상관없다, 일평이 나서면!

허원진 장편소설

형제의 축구

『아빠의 축구』, 『아빠의 레이드』
허원진 기대의 신작!

축구를 향한 마음을 접을 수 없었던 형제의 아버지
결국 씨늘한 아버지의 시신과 함께 발견된 윤석, 정우
할머니는 축구를 향한 그들의 꿈을 만류하지만
빛나는 재능은 감출 수 없다!

"내가 찔러 줄게. 넌 때려 넣어."

어둠 속의 폐허에서 패스를 주고받고
신문지를 발로 차서 배달하던 형제
대학 축구팀 감독의 눈에 띄어 기회를 얻는데……!

어려움 속에서 피어나 화려하게 불타오르는
형제의 눈부신 이야기가
초록 그라운드 위에 펼쳐진다!

ROK
MEDIA